귀거래사

산골에서 부르는 행복의 노래

산골에서 부르는 행복의 노래

귀거래사

박찬득·배동분 지음

라이프맵

선우 엄마,

태어나서 두 번째로 쓰는 편지구려.

달랑 두 번 쓴 편지가 모두 당신에게 갔다고 하면 모르는 사람들은 내게 찬사를 보낼지도 모르겠소. 멋진 남자라고.

그러나 그 알맹이를 알고서도 과연 멋진 남자라고 할지는 확신이 서질 않는구려.

첫 번째 편지는 귀농 전, 내 독방(지점장실)에서 다이어리를 북 찢어 '귀농하자'고 쓴 편지였소.

귀농하고 싶다고, 그 이유까지 줄줄이 적었던 것으로 기억하오.

물론 편지를 건네기 전에 귀농하고 싶다는 말을 꺼낸 적이 있었고, 그때 당신은 '자다가 봉창 두드리는 소리 하지 말'고 했었소.

그러다 급한 마음에 안 하던 편지를 보내게 되었었소.

편지의 내용보다도 그 편지를 받았을 때의 당신 표정을 지금 더 잘 기억하는 건 아마도 예상했던 반응보다 덤덤해하는 당신 모습에 오히려 내가 더 놀랐기 때문일 거요.

귀농이라니 무슨 소리냐고 길길이 뛸 줄 알았는데 당신은 무슨 전기요금 고지서 보듯 슥 훑고는 밀쳐두었었소.

그리고 다시 귀농 말을 꺼내자 '귀신 씨나락 까먹는 소리 하지 말라' 며 두어 마디 덧붙였을 뿐 심각하게 받아들이지도 않았소.

난 솔직히 당신이 펄쩍펄쩍 뛰는 것보다 더 상심했소.

'찔러도 피도 안 나오겠구나', '장기전이 될 것 같구나' 하고 진 떨어져 했었던 것으로 기억하오.

그런데 어느 날, 당신이 내게 먼저 말을 꺼냈소.

그 알량한 편지에도 썼건만 '멀쩡히 직장 잘 다니고 있는 사람이 왜 귀농할 생각을 했냐'고 내게 재차 물었소.

첫째, 남을 밟고 내가 올라가야 하는 사회, 남들이 짜놓은 틀에 내 삶을 맡기고 사는 사회가 싫다고, 그래서 '삶의 방식' 을 바꾸어 내가 내 삶의 주인이 되는 삶을 살고 싶다고 했었소.

둘째, 사회가 요구하는 길을 나름대로 최선을 다해 갔다고 생각하니, 이제 남은 삶은 남자로 태어나서 하고 싶은 일을 하다 죽고 싶다고 했소.

셋째, 나의 아이들만큼은 학원숲에서가 아닌 자연에서 흙을 밟

고 흙을 만지며 자연이 가르치는 대로, 대지와 함께 호흡하며 자라
게 하고 싶다고 했었던 것으로 기억하오.

나의 그런 답을 듣고도 아무 말 없던 당신은 어느 날 갑자기 몽
유병 환자처럼 '그럼 우리 귀농합시다' 라며 주동자인 나보다 더
우렁찬 소리를 질렀소.
귀농하고 당신이 그랬었소.
결혼 다음으로 진지하게 생각했다고….

그렇게 귀농 11년차가 되었구려.
이 책을 쓰면서 지난 11년간의 귀농생활이 바로 어제인 듯 스쳐
지나갔소.
연고도 없는 낯선 곳에서 뿌리내리느라 힘들었던 일들도 대부분
은 곰삭았는데 아직도 마음 한켠이 아리한 것은 마음 여린 당신이
겪었을 힘듦을 내가 알기 때문일 거요. 말주변 없는 난 지금도 할
말이 없소.
그러나 아이들을 자연에서 키우며 행복해 하는 당신을 보면서,
밭으로 출근할 때마다 늘 원피스 입고 화장 곱게 하는 당신을 보면
서, 당신이 얼마나 자연과 동화되어 잘 지내고 있는지 감 잡을 수
있었다오. 그리고 핏줄을 떠나 오지산골로 귀농해준 당신에게 얼-
마나 고마웠는지 모르오.

또 한 가지 고마운 점은, 당신은 아무리 어려운 일을 겪어도 한 번도 '당신이 귀농하자고 해서 이렇게 되었다' 느니, '내 이럴 줄 알았다' 느니, '귀농이 뉘 집 애 이름인 줄 알았냐' 느니 하는 원망의 소리를 내게 하지 않았다는 거요. 단 한 번도….

산불이 나고, 태풍으로 인해 수해가 나고, 사람으로 인해 힘들 때, 푸념으로라도 흘릴 만하겠지만 그 말은 오늘까지 내비치질 않았소. 그것이 귀농주동자인 내겐 보약이었고, 든든한 후원이었소. 그런 덕에 난 거침없는 귀농생활을 할 수 있었소.

선우 엄마,

이 기회를 빌어 한 가지 내 꿈을 말하고 싶소.

귀농 11년차가 되었으니 이제부터는 흙에서, 자연에서 체득한 경험과 노하우를 귀농을 희망하는 이들과 함께 나누고 싶소. 아무 조건 없이….

내가 귀농에 대해 많이 알기 때문이 아니라 진정으로 흙에 엎드려 농사를 지으며 거기서 나는 소출로 생활을 했고, 아이들의 머리가 클 때까지 녀석들을 자연을 스승 삼아, 책을 스승 삼아 키운 것 등 나의 경험은 살아있다고 생각하기 때문이오.

이제는 그렇게 옆도 둘러볼 때가 되었다고 생각하오.

서울에서만 자라 농사의 '농(農)' 자도 모르는 내가 귀농하려고 할 때 가졌던 불안감, 난감함 등을 가지고 있을 그들에게 조금이나

마 도움이 되고 싶다는 마음을 전하오.

이번에도 내 꿈을 실현할 수 있도록 당신이 적극적으로 나서주길 바라오. 귀농 때처럼 당신에게 희망찬 답변이 오리라는 것을 확신하지만 그래도 답장을 기다리겠소.

이제 조금씩 해가 짧아지고 있소.

나무보일러에 나무를 때러 가려 하오.

이건 순전히 나무 타는 냄새를 좋아하는 당신을 위한 것이오.

말주변 없는 내가 고마움에 이리 답하는 것이오. 그리고 덧붙이고 싶소.

당신을 만난 난 행운아라고.

귀농해서 지금까지 늘 국화처럼 나와 두 아이들 곁에서 넉넉한 웃음으로 가족을 감싸준 당신에게 나무 타는 냄새를 선물하기 위해 이제 난 장작 패러 가오.

귀농주동자,
초보농사꾼 박찬득

차 례

春 쉬어 가도 멈추지는 말라

來 우리 앞의 모든 것에 가슴이 뛰다

辭 산골에서 부르는 노랫자락

歸

뒤돌아보지 않는
인생이 있을까

산골에 둥지를 틀다

비가 무섭게 내리는 아침이다. 습관적으로 새벽에 깨어 마당
에 놓아둔 오줌통에 소변을 보려는데 간밤에 내린 비 때문에 넘치
고 있다. 이곳에 오기 전 도시에서야 비가 오든 눈이 오든, 출퇴근
말고 다른 걱정은 없었다. 그러나 땅을 갈고 씨를 뿌리고 곡식을
거두며 사는 농부가 되고 나서는 비가 오거나 눈이 오거나 우박이
쏟아지는 일을 그냥 보아 넘기게 되질 않는다.

밭에다 오줌통을 비우려다 말았다. 잠이 덜 깬 상태에서 언덕 밭
을 오르다가 자빠지기라도 하면 이 농사철에 무슨 변고일까 싶어
그냥 넘치는 대로 비를 맞고 볼일을 보는데 이상한 향기가 선잠을
깨운다. 한쪽 눈은 뜨지도 못한 채 사방을 둘러보아도 무슨 냄새인
지는 모르겠다. 본능적으로 코를 킁킁거리면서 들어가려는데 대추

나무 밑에 뭔가 허연 것이 보였다.

백합이었다.

백합 향이 이렇게 좋은지 40년 넘게 살면서 새벽에 오줌 누다가 알다니…. 네 송이가 서로의 얼굴을 보는 것이 아니라 사방을 가리키고 있었다. 마치 확성기를 사방으로 고정시켜놓은 것 같다.

비 오는 참에 다시 들어가 늦잠을 자려는데 제 방에서 자는 줄 알았던 선우가 먼저 일어나서는 마당에서 헤매고 있는 나를 부르며 왜 빗속에서 그러시느냐 한다. 왜 그러시긴. 아빠도 백합 향기에 취할 줄도 안다며 웃었더니, 저도 나를 흉내 내어 따라 웃는다.

방 안으로 들어와 늦잠을 포기하고 무심코 쳐다본 달력.

7월 1일이다.

그렇다. 지금부터 정확히 5년 전 바로 이날, 서울에서 이곳으로 탈옥수가 감옥을 도망쳐 나오듯 뛰쳐나온 날이다.

몇 번이나 반려되던 사표가 드디어 수리되던 날. 송별식도 마다 하고, 오랫동안 한솥밥 먹은 동료들에게 인사도 제대로 못하고 급히 발걸음을 옮겼다. 아내와 아이들이 낯선 산골에 먼저 내려가 내가 오기를 눈이 빠지게 기다린다는 이유 말고, 무엇이 나를 그렇게 산골로 재촉했는지 나도 내 마음을 알 수 없다.

하루 정도는 친구들과 작별의 인사라도 나누고 서울에서 마지막 밤을 치러도 좋았으련만 나는 단 하루가 급했다. 그렇게 마음이 내

달리는 대로 어둔 새벽 산골에 도착했다. 그 어두운 밤에도 너무 좋아서 트럭의 경적을 정신없이 눌러 재끼며 산골에 사는 산과 들, 그리고 나보다 먼저 와 둥지를 튼 귀농주동자의 아내와 자식들에게 신고를 했다.

그러면서 정신없이 산 세월, 5년이 흘렀다.

그간 여러 가지 아픔도 겪었지만 아직까지 떨쳐내지 못하는 것은 처절하리만큼 외로운 고독이었다. 사람이 곁에 없어서 느끼는 그런 고독이 아니다. 정신없이 얽혀서 돌아갔던 도시생활에서 벗어나 갑자기 날짐승처럼 날개를 단 것 같은 자유로움에서 오는 고독이다. 말로 설명하자니 무슨 말로 시작을 해야 할지 감도 안 잡힌다. 그저 우직한 한 마디, 경험 안 해본 사람은 잘 모를 것이라는 우문현답을 내놓을 뿐이다.

이제는 어느 정도의 고독은 감내할 만큼 내공을 쌓았다고 생각하지만, 호수밭 꼭대기에서 언뜻 올려다본 하늘은 아직도 멀었다고 하는 것 같다.

도시에도 고독은 있다. 그러나 이 깊은 산중에서 느끼는 고독은 또 다르다. 거리상 느끼는 물리적 고독보다도, 마음속에서부터 이방인임을 자각하는 조용한 고독이 더 강렬하다.

이제는 도시의 편안함보다는 적당히 불편한 산골의 생활이 더 자연스럽고 내게 걸맞은 옷 같다. 노동의 과정을 즐겁게 받아들일 수

있게 되었고 이제 대지에서 삶의 냄새를 맡을 수 있게 되었다. 지난 5년은 도시의 10년보다 더 많은 경험을 했고, 더 많은 깨달음을 얻은 시간이었다.

이제 마음을 서서히 울진에 박았고 울진 사람으로 자연스럽게 살아갈 것이다. 산과 들과 나무들, 자연과 함께! 지나온 경험을 바탕으로 시행착오를 줄이고, 삶의 여유를 찾으며 산골생활을 엮어가고자 한다. 그리고 이 자연으로의 복귀에 박수를 보내는 많은 분들께 또 다른 간접경험을 선물하도록 더 많은 땀을 흘리고자 한다.

내일부터 비가 많이 온다고 한다.

비설거지를 더 단단히 하러 나가야겠다. 촌보동산

그때는 왜 그랬을까?

지금 생각하면 그때 내가 왜 그랬는지 모르겠다. 둘이 벌면서
도 늘 만족할 줄 몰랐다. 둘째 주현이의 돌이 다가올 무렵 직장인
한국생산성본부를 그만두었다. 친정어머니가 너무 편찮으셔서 더
이상 딸을 맡길 형편이 못 되었기 때문이다.

남의 손에 어린아이를 맡기기 싫어 한참을 고민하다 결국 사표를
냈고, 얼마 지나지 않아 다시 내 일을 하나하나 만들기 시작했다.
전 직장에서 하던 원고 감수와 직원들 교육 리포트 채점하는 일을
재택근무로 하게 되었고, 예전에 하던 강의도 나갔다. 거기에 만족
하면 좋았으련만 아파트 아줌마들의 부탁으로 그룹과외까지 덜컥
맡았다. 한 팀만 한다는 것이 기왕 하는 것, 두 팀, 세 팀 점점 늘어
갔다.

아이들은 어린데 일 욕심은 하늘을 찌르고, 얼마나 바쁜지 하다 못해 거실에서 주방을 가는데도 뛰어다녀야 했다. 밤이 되어 식구들이 모두 잠든 시간, 마감일을 재촉하는 원고지를 앞에 놓고 '내가 왜 이렇게 사나?' 하는 회의는 왔지만 어서 돈을 모아 더 좋은 동네, 더 좋은 집으로 이사를 가고, 더 번쩍이는 차를 사고 싶다는 욕심이 더 컸다. 욕심의 열매는 주렁주렁 순서를 기다리며 끝없이 나를 닦달했다.

욕심열매가 너무 무거웠는지 집 안에서 그리 뛰어다니다 발을 헛디뎌 뼈에 금이 갔다. 깁스를 하고 목발생활을 하면서도 기존에 하던 일들은 조금의 착오도 없이 계속 진행했다. 그것이 지금의 일을 정리하라는 뜻은 아닐까 하는 생각은 눈곱만큼도 못 했다. 아니, 그런 생각을 해볼 여유도 없었다. 사람이 눈치가 없으면 평생 고생한다는 말이 딱 맞는 경우이다.

그렇게 욕심에 매달려 버둥거리다 더 큰일이 벌어졌다. 자주 엉덩이 부근이 아프고 열이 났는데, 어른들이 흔히 말하는 가래톳인 줄로만 알고 약을 지어 먹고는 하던 일들을 계속했다. 날이 갈수록 통증은 점점 심해지고, 약기운은 점점 짧아졌다.

병을 있는 대로 키우다가 결국 병원에 가니 당장 수술을 하란다. 얘기하기 조금 창피하지만 항문 안에 염증이 심각해서 당장 수술하지 않으면 염증이 온몸으로 번져 머리 부분으로 올라갈 수도 있다고 한다. 다시 큰 병원으로 실려가 우여곡절 끝에 수술을 마친 뒤, 나는 병원에서도 원고를 보았다. 입원을 해서도 열이 안 내리고, 체력이 말이 아닌지라 수술조차 상황을 봐야 할 형편이었는데, 미련하게도 얼른 수술을 하고 퇴원해 내가 해야 할 일만 생각하고 있었다. 상황은 더 나빠졌고, 결국은 회진 중의 회의 때, 더 이상 기다릴 수 없으니 지금 당장 수술하자는 쪽으로 결론을 내려 갑자기 수술을 했다. 수술 부위가 부위인 만큼 앉아 있는 것 자체가 고통인데도 병원 침대에 붙어 있는 식사 상을 펼쳐두고 원고랑 씨름을 했다. 내 몸 상하는 줄 모르고, 그저 원고 마감을 마칠 수 있어서 다행이라는 생각만 했었다.

퇴원을 하고 다시 내 일상으로 돌아왔다. 아이들 잘 때 책 읽어주고 또 다시 원고를 보다 보면 새벽 2시, 3시는 기본이었고, 책이라도 읽을라치면 5시를 훌쩍 넘기곤 했다. 그때 소원이 '내일'이라는 부담 없이 밤새워 책도 보고 여유를 부려보는 것이었다. 누가 나를 잡으러 오는 것도 아닌데, 나는 전날의 내 '여유'로 다음 날 내가 할 일에 차질이 오는 것이 싫었다.

그러다 어느 날, 모두 잠든 시간 혼자 깨어 밖을 내다보다가 문득 이런 생각이 들었다.

'내가 지금 어디를 향해 달리고 있는 거지? 내가 무엇 때문에 직장까지 그만두었는데…. 이건 아니야. 이러다 큰일 나지. 지난번 발 다쳤을 때 일을 정리했어야 했어.'

그러나 내 손으로 그간 이룬 것들을 걷어차는 것은 쉽지 않은 일이었다. 그래서 이렇게 기도를 드렸다. 내가 내 손으로 이 일들을 못 끊으니 대신 해결해달라고. 그리고 신은 내 기도를 들어주셨다. 남편이 느닷없이 귀농 이야기를 꺼내든 것이다. 나는 신께 악을 썼다. 내 일을 끊게 해달라고 했지 누가 산골로 보내달라고 했느냐며, 착각을 해도 한참 착각하신 거라고 악다구니를 썼다.

남편을 믿고 귀농한 지 올해로 7년차. 이제 나는 조금씩 알 것 같다. 나의 현재 삶은 과거보다 훨씬 느리게 돌아가고 있다. 눈앞의 큰 꿈을 꾸는 것이 아니라 언젠가를 위한 작은 꿈을 세우고 그 꿈을 위해 부부가 어깨동무하고 함께 가고 있다. 자연이라는 큰 스승 앞에서 우리 아이들이 밝게 자라며, 무엇보다 밤을 새워가며 맘편히 책을 읽을 수도 있게 되었다. 이 정도면 소원 푼 것 아닐까.

내 도시에서의 바쁜 일상을 아는 많은 사람들이 묻는다.

"정신없이 바쁘게 살다가 이런 오두막에서 사는 것이 정말 행복한가요?"

이 글이 그 답이 될까? 길지도 않지만 짧지 않은 이 산골에서 사는 동안, 나는 행복은 거죽이 동백나무 잎처럼 반지르르 하다고 해서 영혼도 풍요로운 게 아니라는 것을 매일 깨닫는다.

물론 신께서 마련해놓으신, 산골살이의 또 다른 장점이 있을 것이다. 그 암호를 해독하는 것이 앞으로의 내 과제일 듯하다. 요즘은 대추나무가 그늘을 드리우고 바람까지 꾀어 들여 시원한 공간을 내준다. 이런 선물을 받았는데 산골아낙이 모른 척하면 되겠는가. 못 이기는 척 책을 들고, 대추나무 그늘 아래로 나섰다. 오늘은 이 호사를 즐길 참이다. 그리고 내일은, 오늘 호사를 부린 시간만큼 뙤약볕에서 즐겁게 호미질을 할 것이다. 산골낙

산골소녀의 하굣길

귀농할 때, 갈래머리 유치원생이었던 주현 낭자가 이제 중학교 3학년이 되었다. 근처에는 중학교가 없어서 읍까지 학교를 다녀야 한다. 스쿨버스로 편도 40분은 족히 걸리는 꼬불꼬불 불영계곡 길을 하루에 두 번씩 오간다. 얼마나 피곤할까 하는 생각도 들지만, 그런 마음은 잠시고 그 멋진 불영계곡을 매일 끼고 등하교를 하는 딸아이가 복이라는 생각을 한다.

본인이야 아직 그것이 복인 줄 모르겠지만 이제 홀로서기를 하고 삭막하고 건조한 사회로 나가면 이 길이 얼마나 촉촉한 파스텔 빛깔이었는지를 알게 될 것이다. 우리 주현이 눈에 들어오는 모든 자연은 보석과도 같은 재산이다.

그런데 이 아름다운 풍경에도 마음에 걸리는 것이 있다. 집에서부터 스쿨버스가 오는 마을 입구까지 어떻게 가느냐 하는 것이다. 아침에만 데려다달라는 주현이의 청대로 이른 아침은 쌀쌀한 기운을 핑계로 내가 차로 데려다주지만, 하굣길에는 마을 입구에서 집까지 걸어서 올라온다. 꽤 긴 길이다. 도시의 아이들은 학교가 끝나기가 무섭게 쌩 소리 내며 학원으로 내달릴 때, 오늘도 우리 산골소녀는 계곡물의 깊이를 마음에 넣으며, 고추잠자리가 촐싹거리는 모습을 보며, 하늘이 높아짐을 느끼며 걸을 것이다.

아이가 하교할 때쯤이면 나는 밭에서 일하면서도 '우리 주현이가 지금쯤 호미 할머니네 밭을 지나, 밤이 익어가는 남씨 할아버지네 밭을 지나, 단풍이 현란한 우리 집 앞의 개울 쪽을 눈에 넣으며 걸어오겠구나' 하는 생각을 한다.

오늘은 문득 주현이가 홀로서기 하기 전에 마중이라도 한번 가야지 하는 마음이 들었다. 엄마 곁을 떠난 뒤에 '그때 이렇게 해줄걸…' 하고 후회할 거리는 만들지 말자는 계산도 있었고, 가을이라 콧구멍에 바람이 든 탓도 있다.

주현이가 올 시간을 계산하여 호미를 내던지고 밭을 내려간다. 이렇게 쭉 내려가면 아담한 다리가 나온다. 좀더 걸어 내려가니 작은 시냇물이 졸졸거리며 주현이를 기다린다. 그 옆에는 마타리가 주현이 눈에 띄려고 한층 밝은 옷을 입고 나와서는 깨금발을 하고 있다.

한참을 내려가니 저만치 토실토실 영근 밤 사이로 주현이가 조그맣게 보인다. 음악을 들으며 느릿느릿한 걸음으로 다가온다. 나를 발견하더니 금세 얼굴에 환한 웃음을 띠며 달려온다. 그러더니 학교에서 그림을 그렸다며 길바닥에서 스케치북을 펼쳐 보여준다. 아무리 제 눈에 고슴도치라지만 내가 봐도 잘했다 싶어 진심 어린 칭찬을 해주었다.

딸아이와 손잡고 다리를 건너 올라오는데 작은 호박이 보인다. 이웃의 할아버지가 심으신 것인데 우리더러 마음 놓고 따먹으라고 주신 것이다. 새우젓 넣고 볶아도 먹고, 송송 썰어 부침이도 해먹으려고 주현이와 싱싱한 호박을 하나 땄다.

'하늘마음농장' 이라고 써놓은 큰 돌을 지나 올라가니 사냥개 벤자민이 반갑다고 껑충껑충 뛴다. 안 그래도 그레이하운드라고 워낙 잘 뛰는 녀석이 좋아하는 사람을 보자 더 높이뛰기를 한다. 주현이는 벤자민에게 저녁을 주고는 지들만 알아듣는 언어로 뭐라뭐라 대화를 나눈다.

이렇게 걸어다니며 본 들꽃을, 개울물 소리를, 어쩌다 마중 나온 엄마를 우리 주현이는 나중에도 기억하겠지. 추억이라는 가슴속 작은 다락방에서 하나하나 꺼내 보며 옛 생각에 젖어들 테지. 그러면 마음도 가벼워지고, 새로운 에너지를 얻어 자신의 길을 더 힘차게

걸어갈 수 있으리라. 딸아이와 함께한 하굣길은 나에게도 추억이 될
것이고 늙을수록 두고두고 눈에 어른거려 그 길을 바라보며 추억을
불러내겠지. 가을, 아이들과 작은 오솔길 걷기에 맞춤한 날이다.

천천히 가보자

7만 원이나 주고 트랙터를 고쳐왔다. 면에 있는 카센터에서는 웬만한 농기계는 다 고쳐준다.

면까지 가는 길도 만만치는 않다. 차로도 15분은 족히 걸린다. 트랙터를 싣고 갈 대형트럭이 없으니 오롯이 그 길을 언제 고장날지 모르는 트랙터와 함께해야 한다. 중고 트랙터, 그것도 고물 중에 고물인 트랙터라 속도 또한 기대할 것이 못 된다. 이 트랙터로 오가려면 얼마나 걸릴까. 머리에 쥐가 날까봐 정확한 계산은 안 해봤지만, 이런 농번기에는 시간이 얼마가 걸리든 무조건 가야 한다. 부지런히 달려가서 밭을 갈고 돌을 고르고, 다시 한 번 트랙터로 콩고물처럼 곱게 흙을 갈아놓아야 한다.

오늘은 면에서 우리 집까지가 아니라 우리 집을 지나 답운재밭까지 가야 한다. 면에서 집까지의 거리에다 집에서의 거리도 계산해야 한다. 집에서 답운재밭까지도 15분 정도 걸리니 멀쩡한 트랙터로도 30분 남짓의 꽤 긴 거리다. 이 트랙터로 달리자면 얼마나 걸릴까. 감히 시간 계산할 엄두도 나지 않는다. 그냥 평소보다 오래 걸리겠구나 하고 반쯤 체념하는 것이 나을 것 같다.

트랙터를 털털 타고 오는데 속도가 느리니 다른 차에 신경이 쓰인다. 핸들 유격도 심해서 위험하기도 하다. 정신을 바짝 차려야 한다. 몸도, 머리도 여간 피곤한 일이 아니다. 두꺼운 개구리복을 입었는데도 몸이 서늘하다.

멀고먼 길에 동무가 되어주려고 국도 주변엔 빨간 단풍이 죽 나와 서 있다. 마라톤 할 때 길가에 응원 나온 사람들처럼 힘이 된다. 멀리 불영계곡의 초록 나무들도 한몫 보태고 싶어 한다.

속도가 느리다고 다 나쁜 것은 아니다. 이렇게 봄기운을 만끽할 수 있으니 말이다. 고물 트랙터가 아니었다면 바쁜 봄날, 내가 이 귀한 풍경을 눈에 넣을 수 있었을까.

얼마를 갔을까.

우리 마을이 보이고, 우리 마을이 지나간다.

다시 고개가 나오고, 그 고개를 중고 트랙터와 내가 한몸이 되어 넘어간다.

숲속 나무들이 부대끼는 소리, 소리들.

그리고 또 이어지는 길과 길….

갑자기 내가 이 산중에 무슨 일로 와서 지금 가는 걸까 하는 생각이 들어, 명치끝이 따끔해지려 한다. 이런 명상을 통해 정신을 더 바짝 차리게 되니, 느린 것은 아름다운 것이라고 해야 하나 보다.

이제 답운재가 보인다. 언제 쓸쓸한 상념을 했는가 싶게, 나는 부랴부랴 밭으로 내려가 흙을 만져준다. 돌도 튀고, 흙도 잘 갈린다. 느리게 온 것이 맘에 걸리는 듯, 트랙터는 제 할 일을 열심히 해준다. 🟩

오두막의 추억

난 바람을 좋아한다. 이유는 간단하다. 다른 것처럼 자신을 진하게 드러내지 않기 때문이다. 형체도, 색깔도, 향기도 없는 바람. 그러나 바람은 다른 것을 통해 자신을 드러낸다.

풍경을 통해, 맑은 호수의 떨림을 통해, 듬직한 소나무의 흔들림을 통해, 팔락이는 연분홍 치마를 통해…. 예전에는 형체도 없이 남에게 더부살이하는 바람에게 별 매력을 못 느꼈다. 그러나 밥무게가 늘어나다 보니 그는 산중의 내게 중요한 연구대상이다.

우린 얼마나 나만을 드러내려 기를 썼는지. 내 옆의 이웃이 높아진다는 것은 나도 함께 높아지는 것인데, 나만 높아지고 다른 사람은 그 자리에 그대로 머물러 그 차이를 벌리고자 애를 쓰고, 그를 확인해야 안심하는 지경에 이르렀었다.

그러나 이제는 아니다. 지금은 바람의 소박함과 겸손함을 동경한다. 그리고 한 가지 바람에게 바라는 바가 생겼다. 바람에게도 색깔이 있으면 좋겠다는.

비가 와서 마음이 촉촉한 날에는 라일락처럼 보라색이 되고, 화창한 날에는 생강나무꽃처럼 노란색이 되고…. 그러면 한결 세상이 부드럽고 여유로워지지 않을까.

:::::

산골 오두막, 지금 주현이 방으로 쓰고 있는 이 방에서 자던 기억이 생생하다. 그러니까 정확히 8년 전인 2000년도였다. 초보농사꾼은 우리 세 식구와 친정엄마, 그리고 덜렁 이삿짐만 내려놓고는 다시 서울로 갔다. 생각처럼 사표가 바로 수리되지 않아 귀농을 부르짖던 남편은 서울로 다시 돌아가야 했다. 친정엄마는 산골에서 딸과 손주들만 있으면 무섭다며 사위가 사표수리되어 내려올 때까지 함께 있기로 하고 오셨다. 그때 이 작디작은 방에서 네 식구가 함께 모여 잤다. 그래도 비좁지 않았다. 작은 방이었지만 아이들이 어렸고, 내가 무서움을 많이 타서 아이들에게 매미처럼 바짝 들러붙어 잤으니까.

그땐 이 산중이 참으로 무서웠다.

내가 무서워하면 우리 엄마 마음이 아플까봐 아무런 내색도 하지 않았지만, 해만 저물면 두려움이 스멀스멀 피어올랐다. 견디다 못해 남편에게 전화를 걸어 "도저히 무서워서 당신이 내려올 때까지 참을 수가 없다"고 하소연을 하기도 했다. 당황한 남편은 아무런 대답도 못하다가 도저히 안 되겠으면 서울로 친정엄마랑 애들과 다시 올라오라고 답했다.

물론 익숙한 곳으로 가고 싶었다. 그러나 이곳 학교에 벌써 다니고 있는 선우가 문제였다. 언제 사표가 수리될지도 모르는 일이라, 그냥 하루하루 버틸 수밖에 없었다. 결국 한참 만에 남편의 사표가 수리되어 온 가족이 이 방에서 자게 되었고, 그 뒤로도 8년을 이 방에서 복닥거렸다.

그런데 이제 며칠 후면 이 방이 없어진다. 더 정확히 표현하면 오두막을 허문다. 여기에 새 집을 짓기로 하고서 요즘 이삿짐을 나르고 있다. 이삿짐을 싸다가 말고 방에서 책 읽고 있는 주현이 옆에 함께 누웠다. 둘이 누우니 한방 가득이다. 그 옛날에는 우리 네 식구가 모두 이 방에서 잤는데 하고 옛 생각을 해본다. 귀농해서 마음을 붙이려고 기를 쓰던 시절이 어제 같은데 세월이 이리 흘렀다. 책을 읽고 있는 주현이 옆에 누우니 마음이 그 시간들을 오가며 갈피를 못 잡고 바람처럼 흔들린다.

그동안 흙으로 된 벽에 한지로 도배를 하고 흙냄새 맡으며 살았던 우리 주현이. 아이의 마음속에 부는 바람은 어떤 색일까?

나의 길에 울었던 한 사람

　오늘은 봄의 기운이 최고조에 달한 것 같아 온 밭을 돌아보았다. 달밭뿐만 아니라 차 타고 가는 답운재밭, 불영계곡과 얼굴을 맞대고 있는 새점밭까지 한 해 동안 나의 땀을 받아줄 녀석들을 한 바퀴 둘러보았다. 봄바람 때문인지 가슴은 의욕으로 꿈틀거리고 있지만, 머리는 언제 돌 골라내고 거름 펴고 밭을 갈 것인지 헤아리고 있다.

　그렇게 하루를 보내고 들어와 거실에 앉으니 아내가 읽다 펴둔 책이 눈에 들어온다. 귀농하고 거의 모든 시간을 함께하다 보니 아내가 책을 좋아하는지도 알게 되었다.

　귀농 전에는 함께 일하는 영업사원들 사기를 북돋는다고 매일같이 회식이다 뭐다 해서 늦게 집에 들어오니 아내가 그 정도로 책을 좋아하는지 알지 못했다. 무슨 글을 읽고 있었나 보니 〈가지 못한 길〉이라는 시가 펼쳐져 있었다.

　어느 숲 속에서 두 갈래 길을 만나 사람이 적게 다닌 길을 택했고, 그것 때문에 모든 게 달라졌다는 내용의 시를 나는 읽고 또 읽었다.

　내 앞에도 두 갈래 길이 있었다. 하나는 남들이 뒤도 안 돌아보고 휩쓸려 가는 조명이 휘황찬란한 길이었다. 대부분의 사람들이 그 길만 있는 것처럼, 그 길이 아니면 죽는 것처럼 행동했다.

　다른 하나의 길은 사람들이 다니지 않아 잡초가 무성하고 가시덤불이 입구를 뒤덮고 있어서 누구도 눈길을 주지 않은 길이었다.

　귀농. 내가 선택한 그 길은 후자의 길에 가까웠다. 가시밭길이고 돌길이고 잡초가 무성한, 모두가 피하는 길이었다. 그러나 누구도 그 길이 잘못된 길이라고 말하지는 않는다. 아스팔트길보다 흙길을 걷고 싶고, 새소리에 눈 뜨고, 저녁엔 나무 타는 냄새를 맡으며 잠들고 싶은 마음은 모두들 있지만 선택하지 못할 뿐이었다.

　단 한 사람, 절대 그 길을 가서는 안 된다고 외치는 사람이 있었으니 바로 우리 어머니였다. 내게는 누나와 여동생이 둘이나 있지만, 외아들인 나만 자식인 양 떠받든다고 다른 자식들에게 싫은 소리도 많이 들으셨다. 없는 살림에 대학원까지 뒷바라지를 하셨고, 아들이 대기업 공채로 들어간 것이 세상 큰 벼슬이라도 되는 듯 어깨에 힘을 주고 다니셨다. 그것이 그분의 굽은 허리를 곧추세우게 하는 유일한 힘이었다.

그러다가 하나밖에 없는 며느리가 울며불며 전하는 아들의 귀농 이야기를 들었을 때 어머니는 기함을 하셨다. 어떻게든 아들 마음을 돌려보려 애쓰다가 뜻대로 안 되자 한 번도 입에 올려본 적 없는 이혼 이야기를 꺼내실 정도였다. 아들놈은 미쳤으니 이혼시키고 귀한 손주들과 며느리만 데리고 서울에서 사시겠다며 눈에 진물이 나도록 우셨다.

어머니는 지금도 거의 매일 산골의 아들, 며느리, 손주들에게 안부전화를 하신다. 뉴스에서 눈이 많이 왔다고 해도 전화를 하시고, 비가 많이 온다고 해도, 날만 더워도 밭에 가지 말라고 전화를 하신다. 아이들에게는 뱀 조심해라, 벌 조심해라 등등 걱정이 끝없으시다.

귀농한 지도 몇 년이 흘렀지만 아직도 한밤중에 전화를 하셔서는 "니들이야 니들 좋아 갔지만 우리 선우, 주현이는 덩달아 쫓아가서 고생이지. 눈동자 까막까막한 내 손주들이 그 산중에서 사는 생각하면 자다가도 내가 벌떡 일어나 운다. 아이고, 선우 애비야…" 하며 또 우신다.

"엄마, 애들이 왜 고생이야. 자연에서 호강하지."

내가 아무리 이렇게 말해도 위안이 되지 않는다는 걸 난 안다. 팔십 가까운 노모에게 자식의 귀농은 '절대로 가서는 안 되는 길'이었다. 하지만 나로서는 그 길을 가느냐, 못 가느냐의 차이란 곧 용기의 문제였다. 내 삶의 바다에서 배의 키를 내가 잡느냐, 다른 이들에게 편안하게 배의 키를 맡기느냐의 차이였다. 이 산중에 사는 한 효도는 먼 나라 이야기가 되었지만, 나는 그동안 쥐지 못했던 내 인생의 방향키를 손에 넣었다.

아내가 읽다 만 시의 끝 부분을 읽고 나도 중얼거려본다.

"나는 사람이 적게 다닌 길을 택했고, 그리고 그것 때문에 모든 게 달라졌다….〞

속 향기를 맡아주길

산골의 눈이 서서히 녹고 있다. 잔뜩 얼었던 마음에도 낙숫물 소리가 들리고, 대지 아래에서도 싹들이 발가락운동 하는 소리가 들리는 듯하다.

이제 개울의 살얼음이 무거운 몸을 풀고 길가로 바짝 나앉으면, 나도 겨울의 긴 시간을 털고 대지로 나서야 한다. 땅 냄새 물씬 풍기는 그날을 기다리고 있는 중이다.

:::::

몇 년의 세월이 흘렀으니 이제는 입을 떼도 괜찮다는 생각이 든다. 몇 년 전, 봄이었다. 농사꾼이야 봄, 여름, 가을 없이 바쁘지만 봄에는 일단 작물을 서둘러 땅에 꽂아야 하기 때문에 맘이 더 급하다. 그때도 겨울이 봄에게 자리를 물려주기 싫은지 찬 기운을 내뿜는 어느 봄날이었다.

우리는 유기농으로 농사를 짓기에 퇴비를 많이 뿌린다. 그러다 보니 자연히 작업복에 냄새가 배기 마련이다. 그날은 이웃 할아버지의 품을 사서 세 사람이 열심히 퇴비를 뿌리고 점심을 먹으러 갔다.

차를 타고 가야 하는 답운재밭에서 일할 때는 그 근처의 휴게소에서 점심을 사먹는다. 시골의 휴게소가 그렇듯 우리 말고는 사람이 없었다. 그런데 주문받으러 온 아주머니의 표정이 영 말이 아니다. 냄새 난다고 퉁명스럽게 말을 하는데, 말도 말이지만 그 목소리며 표정이 내 귀와 눈을 쉽게 빠져나가지 못한다.

주문한 음식이 나올 때까지 우린 누구도 말을 하지 않고 쥐 죽은 듯 기다렸다. 음식을 갖다 준 아주머니는 또 냄새 소리를 꺼내며 귀에 박아준다. 할아버지는 얼마나 마음이 쓰였는지 고개도 제대로 못 드신다. 잔뼈가 굵도록 농사만 지으신 분이라 경우 바르시고, 말씀도 헤프지 않고, 정이 많은 할아버지다.

주문한 음식을 놓고 가면서도 또 한 번의 냄새 소리를 들어야 했다. 이쯤 되니 나도 화가 치밀었다.

"다른 손님이 있는 것도 아니고, 시골 휴게소에 농사짓다 들어오면 냄새 날 수도 있지 뭘 그렇게 몇 번이나 냄새난다는 말을 하세요?" 하고 따져 물었다.

젊은 사람이 나이먹은 사람한테 눈 똑바로 뜨고 그런다고 날카로운 목소리가 되돌아온다. 내 마음은 더 날카로워졌다.

"그럼 여든을 바라보는 할아버지께 그러는 건 경우에 맞는 일이에요?"

냄새가 나서 난다고 한 것이 뭐가 잘못됐느냐는 식의 언성이 이어졌다. 사실 나는 어떤 말을 들어도 상관없다. 백발이 성성한 할아버지가 안절부절못하는 모습에 부아가 치밀어 견딜 수가 없었다. 급기야는 식당 주인이 나타나서 진정을 시켰다.

하지만 이미 점심을 먹을 분위기는 아니었다. 그렇다고 뛰쳐나올 수도 없다. 할아버지가 고개를 숙인 채 아무 말씀도 없이 식사를 시작하시는 걸 보고 우리도 그대로 따라할 수밖에 없었다. 밥이 어느 구멍으로 들어갔는지는 알 수 없다.

그 근처에도 휴게소가 있어 자주 갔지만 이런 일은 처음이다. 식당에서 나와 밭으로 돌아오며 할아버지께 죄송하다고 사과를 드렸다. 괜히 어르신 앞에서 언성을 높이고 마음 편치 않게 해드려 죄송하다고. 입으로 말하는데 왜 내 눈이 대답을 하는지…. 가만히 있으면 될 일을 눈은 무엇인가를 계속 쏟아내고 주책이다.

지금은 그곳 식당 주인과 종업원들이 모두 바뀌었으니, 마음 한구석에 담아두었던 이야기를 이렇게 꺼내놓는다.

귀농하고 이곳에서 적응하기 참 힘들었던 일 중 하나는 농사짓는다고 하면 일단 사람을 얕본다는 것이었다. 그러다가 시간이 지나고 서울에서 무엇을 하다가 왔다더라, 학교를 어디 나왔다더라 등의 말을 어디서 들으면 태도는 180도 달라진다. 사실 변한 것은 아무것도 없는데….

사람은 사람 그대로다. 그러니 대하는 모습도 그대로여야 하는 것이 아닌가. 농사를 짓든, 돈을 짓든, 사람을 그 자체로 보는 것이 옳다. 말처럼 쉬운 일은 아니다. 그러나 어렵더라도 그러지 않았으면 좋겠다. 어느 식당에 가서, 농사를 짓다가 거름 냄새를 끌고 들어오는 사람을 만나건, 공사장에서 일하다 땀 냄새 풍기는 사람을 만나건, 제발 그러지 않았으면 좋겠다. 한껏 치장한 향수 냄새보다 사람에게서 나는 속 향기를 맡으려 했으면 좋겠다.

날은 푸근한데 이 글을 쓰는 내내 등이 시리다. 그 시린 기운이 가슴으로 들어와 허락도 없이 진을 친다. 이제 한동안 가슴을 단속해야겠다.

산골살이에 기대어 마음을 닦다

초보농사꾼이 자기 전에 마지막으로 하는 일은 불을 보러 가는 일이다. 따뜻한 방바닥에 누웠다가 그 추운 마당을 돌아 나무보일러실까지 가는 일이 그리 녹록지 않을 텐데 군소리 한번이 없다. 고드름이 풍경 소리를 내는 밤에도 오두막 가족의 난방을 책임진 자로서 그는 늘 당당하게 나선다.

초보농사꾼이 나가고 잠시 후, 우당탕 난리가 났다. 나무를 나무보일러의 큰 주둥이에 과감히 내던지는 소리다. 늘 '중고 인생'이던 남편이 몇 달 전 눈부신 새 보일러를 턱 하니 들여놓고 나더니 아주 어깨에 힘이 잔뜩 들어갔다. 하지만 겨우내 죽어라고 나무를 해댔으니 그 정도 허세는 내가 봐줘야지.

:::

어느 책에서 읽은 대목이다.

> 유마경(維摩經)을 보면, 한 수행승이 고요한 숲속의 한 나무
> 아래 앉아 좌선하고 있는 것을 보고 유마힐이 그에게 말한다.
> "앉아 있다고 해서 그것을 좌선이라고 할 수는 없소. 현실 속에
> 살면서도 몸과 마음이 동요됨이 없는 것을 좌선이라 합니다.
> 생각이 멈추는 무심한 경지에 있으면서도 온갖 행위를 할 수
> 있는 것을 좌선이라 합니다. 마음이 고요에 빠지지 않고 또
> 밖으로 흩어지지 않는 것을 좌선이라 합니다. 번뇌를 끊지 않고
> 열반(깨달음)에 드는 것을 좌선이라 합니다…."

잘은 모르지만, 다리를 틀고 앉아 있다 하여 선(禪)이 아니요, 나무 그늘 아래 조용히 눈감고 앉아야 옳은 수행법이라고 생각하지 말라는 그런 내용이 아닐까 한다.

비슷한 이야기인지 모르지만, 사람들은 우리가 산골로 몸뚱이만 옮겨 앉았다고 욕심을 비우고 착하게 산다고들 생각한다. 천만의 말씀이다. 몸이 도시에 있다고 해서 다 이기적이고 욕심쟁이고 깍쟁이인가. 시골에 산다고 해서 다 욕심 없고 순박하고 너그러운가. 아니다. 몸 가누기 복잡하고 입에 거품을 물어야 할 정도로 경쟁이 치열한 회색 도시에 있든, 나무와 흙으로 둘러싸인 산중에 있든, 몸

과 마음이 같이 움직이고 입도 그 장단에 박자를 맞추면 그만인 것이다.

　가끔씩 내가 도시를 떠나 산중으로 과감히 들어앉았다는 이유만으로 나를 욕심 없는 사람의 완결형으로 볼 때면 등골에서 진땀이 난다. 그리 되고 싶은 마음이 다른 사람보다 간절하여 둥지를 옮겨 앉았지만 아직 실제로는 어림 반 푼어치도 없다.
　어린 시절, 깜장 고무신에 담긴 피라미를 보고서 목이 마를까 싶어 물을 아주 조금 넣어 주었던, 딱 그처럼만 살고 싶은 욕망이 다른 사람보다 많을 뿐이다.
　한 가지 산골로 둥지를 옮기고 나서 달라진 점이 있다면, 지금

내 모습이 자연에 더부살이 하는 사람으로서 어울리는 것인지를 자주 자문하게 된다는 것이다.

그 책의 저자 역시 끝에 그런 토를 달았다. 선은 설명이나 해설에 의해 진리를 인식하는 것이 아니라, 자기 자신 속에 살아있는 진리를 자기 눈으로 직접 확인하려는 수행이라고.

내 안의 것에 귀 기울이고 그곳에서 나오는 울림이 시키는 대로 행동할 수 있다면 그것이 선이 아닐까. 그런 면에서 산골살이가 도움이 되는 게 참 많다. 나무, 돌, 물, 서산 너머로 지는 노을, 새소리, 다람쥐의 겨울 양식 걷는 소리 등이 그 가까이 사는 사람들이 스스로의 소리에 온전히 귀 기울이도록 귀를 깨끗이 소제해주는 역할을 톡톡히 하는 것은 사실이다.

초보농사꾼이 가족을 위해 아랫목을 늘 따사롭게 데워주듯이, 난 가족을 위해 무엇을 해야 하나 아랫목에 등을 대고 누워 고민하는 밤이다. 약살골

산머루야, 산머루야

집 바로 앞의 하우스 있던 자리를 걷어냈더니 예전의 모습대로 텃밭이 되었다. 그곳은 땅 힘도 좋고 하여 이전 주인이었던 할아버지가 마늘을 심으셨던 자리다. 이곳 땅이 6천 평 가까워도 마늘이 되는 곳은 그곳밖에 없다고 하셨더랬다.

그 자리를 트랙터로 갈고 거름을 주고 하여 산머루를 심었다. 50종에서 60종가량 되는 많지 않은 양이지만 처음 산머루를 심는 일이라 내 모든 관심과 호기심을 온통 쏟았다. 그렇게 모종을 심은 것이 아주 이른 봄이었는데, 날이 더워져도 별 미동이 없다. 하루에도 몇 번씩 내려가 보아도 여전히 심어놓은 그대로다.

파릇파릇한 싹이 빨리 나와야 죽었는지 살았는지 알 텐데 통 소식이 없으니 성격 급한 나로서는 답답하기 짝이 없는 노릇이다.

그러던 어느 날 몇몇 녀석의 싹이 올라오고, 조금씩 키를 키우고 있다. 아직은 아무런 대꾸가 없는 놈들이 더 많긴 하지만 말이다.

자주 들여다보니 전염이라도 된 듯 모두들 서서히 싹을 보인다. 그러더니 어느 날 작은, 아주 작은 구슬처럼 생긴 것들이 오톨도톨 생겨나기 시작했다.

저것이 열매가 된다니. 생명의 신비라는 것이 멀리서 느끼고 감탄할 일이 아니다. 아내 말대로 산골 지천에 깔린 것이 기적이다. 쭈그려 앉는 것을 영 못하는 나지만, 한참을 쭈그리고 앉아 보니 엄마 뱃속 태아가 손가락이 점점 갈라져 손 모양을 갖추듯 알알이 모양을 갖춰나가고 있다.

아내도 열심히 풀을 매주며 매일 말을 걸곤 한다. 아내는 워낙에 생명을 가진 것들에 열성이라, 효소에게도 음악을 틀어주고 어느 때는 투박한 목소리로 직접 노래도 불러주고 한다. 우리의 이런 정성과 산골의 이슬을 먹고 머루가 열리면 아내는 또 어떤 표정을 지을까. 나도 그때는 점잖게는 못 있을 것 같다. 🟩

계곡 따라 옛 생각이 흐르고

주현이가 학교에 다녀와서는 '아~' 해보란다. 난 아이가 어떻게 날 감동시킬지 다 안다. 그래도 눈을 꾹 감았다. 그리고 입을 째지도록 벌렸다. 내 입 안으로 무엇이 들어와 앉을지도 다 안다. 그래도 잔뜩 궁금한 표정을 짓는다.

뱀딸기 네 알, 앵두 두 알이 입 안에 들어온다. 주현이는 그런 구석이 있다. 제 입에 털어 넣기도 바쁘련만 어미, 아비 입에 먼저 신고식을 한다. 그것들을 씹으니 열매의 즙이 목구멍을 타고 들어가지만 도착한 곳은 영혼의 방이다. 그래서 산골에서는 영혼이 먼저 살찐다.

::::

　오늘은 버스를 타기 위해 아침부터 일찍 부산을 떨었다. 며칠 전, 아는 분이 강의를 부탁했다. 되도록이면 울진에서는 강의를 안 하려고 했지만, 내가 늘 신뢰하고 신세를 지는 분이라 거절하지 못했다.

강의를 끝내고 돌아오는 길, 구불구불 불영계곡을 돌아오다 보니 어렴풋이 옛 생각이 났다. 귀농 전 직장 다닐 때, 내 업무 중 하나가 기업을 대상으로 강의하는 것이었다. 지금은 삶을 말하고, 인연을 말하고, 그리고 사람 냄새를 말하지만 그때는 조직이 어떻고, 목표관리와 시간관리가 어떻고 하면서 어금니께가 뻐근한 이야기를 늘어놓곤 했다.

불영계곡의 시퍼런 물줄기를 보자 가슴속 아련한 옛 추억이 등 푸른 생선처럼 선명하게 되살아나 정신을 헷갈리게 한다. 대부분의 사람들은 한 가지 삶의 방식을 따라 살곤 한다. 그런데 불행인지 다행인지, 나는 두 가지 판이한 삶의 방식을 경험했다. 지금의 삶의 방식을 택한 것에 스스로 만족하지만, 간혹 오늘처럼 어렴풋이 옛 생각이 날 때면 가슴이 파리해지는 이유는 뭘까?

그때로 되돌아가고 싶은 마음이 있어서도, 오늘이 우리 부부의 결혼기념일이라서도 아니다. 작년까지만 해도 이런 감정이 스밀 때면 괜한 잡생각이라며 자신을 탓하곤 했다. 그러나 지금은 그렇게 하지 않는다. 그런 상념이 무 자르듯 자를 수 있는 게 아니라는 것 정도는 터득했기 때문이다. 세월밥이 이렇게 편리하고 신통방통할 때가 있다.

불영계곡이 끝날 지점까지 버스가 달려왔건만 마음의 채도는 점점 낮아지고 있다. 그러나 걱정하지 않는다. 추억이란 아무짝에도 쓸모없는 것이 아니라는 것을 알기 때문이다. 내 마음속에 수록된 모든 추억은 지금 나의 산골생활과 견주어볼 수 있는 소중한 양식이 될 것이다. 또한 자기 자신을 다 안다는 것, 그것은 죽을 때까지 풀어야 할 숙제이지 양파껍질 벗기듯 홀랑 벗겨 당장 확인할 수 없는 일이리라.

칼릴 지브란이 말했다.

"나는 벙어리가 된 적이 딱 한 번 있었다. 어떤 사람이 나에게 이렇게 물었을 때였다. '너는 누구인가?'"

이것이 오늘 내 마음에 줄 수 있는 답일 듯하다.

산골에서 국제경영 써먹기

2000년에 귀농하였으니 벌써 세월도 많이 흘렀다. 그 세월을 되돌아보면 험난한 파도도 여러 번 넘었고, 백합처럼 향긋한 기쁨도 많이 맛보았다.

그 중에서도 귀농하고 얼마 지나지 않아 실수로 이웃 산에 불을 냈던 일, 그것을 수습하느라 애먹었던 일은 평생 잊을 수 없을 것이다. 그때의 놀라움과 외로움이란…. 미처 이곳에 뿌리를 내리기도 전에 닥친 일이라 우리 부부는 온몸으로 원없이 흔들려야 했다.

일이 조금 수습되자 이제는 기다렸다는 듯 한 해 농사를 깡그리 말아먹었다. 가져온 돈은 밭 개간하고 생활비로 쓰느라 거의 바닥을 보일 때라 앞이 깜깜했다. 매일 죽은 고추밭에 가서 담배 피우는 것이 하루 일과였다.

그때 아내의 위로와 격려가 없었다면 귀농주동자였던 나는 많이 망가졌을 것이다. 당시 아내가 한 말은 지금도 잊혀지지 않는다.

서울에 살아도 험난한 고비를 넘긴다고, 그곳에서의 삶은 모두 순탄하냐고, 어디에 살든 딱 색깔만 달리할 뿐 이만큼의 고통은 찾아온다고. 고통은 살아있다는 증거라며 내가 피워 올린 담배 연기만큼 위로를 해주었다.

그리고 덧붙였다. 이것을 기회로 삼으라고. 어차피 가을도 되기 전에 농사를 말아먹었으니 그 시간에 다른 방안을 생각해보자고 말이다.

귀농하자고 그렇게 반대하던 가족에게 "나를 따르라"며 깃발 들고 내달려온 나로서는 그 실망감과 좌절감은 이루 말할 수가 없었다. 그때 위험을 분산해야겠다는 생각을 했다. 우리가 재테크할 때 떠올리듯 작물 포트폴리오를 떠올렸다.

어느 한 작물이 잘 안 되었을 때 큰 타격을 받고 좌절하는 일이 있어서는 안 되겠다는 생각을 하기 시작했다. 밭이란 밭에는 전부 고추만 심었다가 깡그리 병이 났으니, 위험을 분산할 작물이 두세 가지 더 필요했다. 그래서 생각한 것이 '야콘'이었다. 내가 야콘을 떠올릴 즈음엔 이렇듯 약성이 좋은 야콘을 아는 사람이 거의 없었다. 그래도 그 뛰어난 약성을 우연히 경험한 나로서는 야콘은 무슨 운명 같았다. 무조건 야콘을 심기로 했다. '못 먹어도 고'를 외치는 승부욕에 불타는 도박사처럼.

아는 사람이 없으니, 당연히 찾는 사람도 없는 야콘이었다. 사람들은 우리더러 왜 그런 작물을 심느냐며 어리석다는 얘기들을 했다. 그래도 우리는 야콘농사를 고집했고, TV나 어떤 매체에 우리 가족이 소개될 때마다 절대적으로 빠지지 않는 사항이 '야콘 알리기'였다. 그렇게 조금씩 알려지면서 그 천덕꾸러기 취급을 받던 야콘이 효자 노릇을 하기 시작했다. 우리나라 사람들, 누가 뭐 잘된다면 다 달려들어 똑같은 것을 짓듯이 야콘도 그렇게 되어버렸다. 야콘을 알리던 나도 이제 새로운 대안을 연구해야 할 시점에 이르렀다.

다는 아니지만, 귀농에 관심 있는 사람들은 '내가 하고 싶은 일'을 하는 것에만 의미를 두지, 그 하고 싶은 일을 계속하기 위해서, 되돌아가지 않고 시골에 눌러 살기 위해서 어떤 노력을 해야 하는지는 고민을 많이 하지 않는 듯하다.

나는 내 의지대로 살기 위해, 아이들을 자연에서 키우기 위해 내려왔으니 이 삶을 지속하기 위해 오늘도 또 다른 포트폴리오를 고민한다. 지금은 야콘이 효자 노릇을 하지만, 야콘을 재배하는 사람들이 늘어나면서 또 다른 대안을 찾아야 하는 시점이 되었기 때문이다. 내가 국제경영을 전공해서 써먹은 것이라고는 달랑 이 포트폴리오 이론이 전부다. 🟩

한자리에 모인 귀농가족들

울진성당에 다니는 나는 안동교구 소속이다. 안동교구에서는 해마다 두 번씩 교구 내의 귀농가족 및 귀농을 희망하는 사람들의 모임을 주선하고 있다. 권혁주 요한 크리소스토모 주교님까지 늘 함께하셔서 미사도 올려주시고 점심을 나누며 귀농가족의 어깨를 감싸주시는 모습에, 시골살이가 삭막하지만은 않을 거라는 기대를 품곤 했다. 귀농한 사람으로서, 많은 이들이 귀농하기를 희망하는 사람으로서 여간 기다려지는 행사가 아닐 수 없다.

작년에 새집을 짓자마자 아내와 의기투합했다. 이번 '귀농가족 모임'은 우리 집에서 하자고. 무식하면 용감하다고 시키지도 않은 일에 손을 번쩍 들었다. 부족하면 부족한 대로, 불편하면 불편한 대로 그저 서로 귀농하여 살아가는 모습을 보여주고, 낯선 곳에서 살아가는 데 서로 등을 대어주면 좋지 않을까 하는 생각이었다.

하지만 한참 전부터 걱정이 된 건 사실이다. 우선 날씨가 걱정이었다. 올 봄부터 여름 내내 비가 왔다. 정말이지 하루 종일 쨍한 날이 없을 정도였다. 게다가 그 많은 인원의 식사 준비는 어떻게 해야 할까도 문제였다. 그러나 모두 기우였다. 여전히 나는 내려놓을 걱정거리를 끌어안고 사는 모양이다. 고맙게도 날씨도 더할 나위 없이 좋았고, 식사는 울진성당의 성모회에서 모두 도와주셨다.

며칠 전부터 아내가 나서서 행사장 주위의 풀을 뽑았다. 나는 주차장으로 사용할 아래 마당을 포크레인 공사를 하여 번듯하게 다져놓았다. 실상은 내가 한 게 아니고 하늘마음농장 일이라면 늘 발 벗고 나서는 김승하 님의 손을 또 빌렸다.

엊그제는 울진성당에 세레스(1톤짜리 소형 트럭)를 가지고 가서 천막과 식탁으로 쓸 기다란 상과 의자, 그릇들을 한 차 가득 싣고 왔다. 마당에 내려놓으니 이제 행사가 임박했음이 실감났다.

전날 밤, 우리 부부는 마당을 서성이며 마음을 가다듬었다. 이번에는 많은 분들이 참석하신다는 데 혹여 식사나 다른 소소한 일이라도 어려움이 생기면 어쩌나 하는 생각도 들었고, 바쁜 농사철에 귀한 시간을 내서 오시는 분들의 마음에 무엇이라도 남아야 하는데 하는 걱정이 자꾸 마음에 조바심을 만들었다. 이제는 어쩌지도 못하는 시간, 그저 의미 있는 행사가 되기만을 빌기로 했다. 그리고 다음 날, 우리는 평소보다 일찍 일어나 마을 입구와 우리집 입구에 안내 표지판을 설치했다.

이윽고 신부님과 수녀님을 선두로 한 분, 두 분 모이기 시작했다. 마지막에 오신 분들까지 모두 60명 가까이 되었는데 전원이 이름표를 달고 일일이 사는 곳과 가족 소개를 하며 반가운 얼굴들을 서로 확인했다.

울진자활센터 관장님의 〈바람직한 유통망을 위한 전략〉을 주제로 한 특강에 이어 미사를 드렸다. 천막 아래로 파고드는 뜨거운 햇살도 아랑곳하지 않고 우리 모두는 귀한 이야기에 귀를 기울였다. 어느새 식사시간이다.

오늘의 메뉴는 회덮밥이었다. 회 값이 만만치 않았지만, 울진 하면 바닷가를 떠올리는 터라 회를 대접하기로 했단다. 여기에 떡과 잡채, 전 등으로 푸짐하게 배를 채웠다. 이 행사의 비용은 안동교구에서 주셨고, 나머지는 참석자의 회비로 충당되었다.

뒤이은 친교의 시간에는 초청한 색소폰 연주자의 연주를 감상했고, 손님들의 노래 솜씨도 들을 수 있었다. 울진의 산골에 울려 퍼지는 색소폰 소리는, 그간 흙 묻히고 살던 우리들의 마음을 노을처럼 아리하게 만들어주었다.

파란 하늘 아래 그동안의 농사 이야기며 살아가는 이야기를 실컷 나누다 보니 어느덧 행사가 끝날 시간이 되었다. 귀농을 희망하는 사람들이 더 아쉬워하며 부둥켜안았다.

나도 새로운 길을 선택했지만 그 사람들이 지금 얼마나 마음이 어수선한지 아는 나로서는 앞으로 기회가 닿는다면 그런 귀농을 희망하는 분들에게 작은 힘이 되어주고 싶다고 다짐하게 만드는 장면이었다.

한 생각으로 자연으로 돌아와 자연의 일부로 살아가는 사람들. 우리는 새로운 날들을 위해 마음을 다지고 힘을 실었다.

반가운 모습들이 눈에서 멀어진 후, 아내와 나는 한참 동안 마당을 걸었다. 서로의 등을 두들겨주고, 앞으로도 가슴 벅찬 귀농생활이 이어지기를 바라며 그렇게 또 하루를 닫았다. 🟩

마음 설레는 일

바닷가에 사는 이는 아침에 눈뜨면 바닷물이 어디까지 와서 찰랑일까를 내다볼 것이다. 산중에 사는 이는 아침에 눈 비비면 툇마루에 앉아 해가 어느 산등성까지 밀려들고 있는지 내다본다.

바다는 어느 날은 성난 모습으로, 어느 날은 순하디 순한 양처럼 밀려올 것이다. 그러나 해는 감정의 굴곡이 없다. 그날이 그날이다. 언제나 그 모습으로 온다. 다만 바다는 결석 없이 찾아오지만, 해님은 결석이 심심찮다. 장마철에는 얼굴 잊을까 겁난다.

바다와 해님은 그렇게 다르지만, 바닷가에 사는 사람이나 산중에 사는 사람이나 자연에 목매달고 애틋해하는 것은 마찬가지다. 그래서 바다에 안부를 묻고 해에게 안부를 묻는다.

::::

산골은 지금 퇴비와 전쟁 중이다. 늦게 도착한 퇴비를 한시라도 빨리 땅에 뿌려야 한다. 그런 다음 트랙터로 부슬부슬하게 땅을 간 후에 골을 타고 비닐을 골마다 덮어주어야 한다. 그 준비가 끝나면 밭의 주인공인 야콘 모종과 고추 모종이 들어와 둥지를 튼다.

봄에 이 모든 과정이 끝나야 농부는 한시름을 놓는다. 그렇다고 시름줄을 아예 놓는 것은 아니다. 조금 후면 삐죽삐죽 올라오는 풀들과의 전쟁이 시작돼 몇 달에 걸쳐 땀을 흩뿌려야 한다. 시간이 흘러 가을이 되면 이제는 서리 오기 전에 거둬들이느라 또 한바탕 소동이 벌어진다. 그렇게 얼추 가을걷이가 끝나고 숨을 돌리고 첫눈을 맞는다. 농부는 그렇게 한 해를 갈무리한다.

이제 귀농 10년째다. 라면장사 10년이면 눈 감고도 끓이고, 10년 횟집을 하면 눈 감고도 날카로운 회칼을 공중제비하며 회를 뜨련만, 산골의 초보농사꾼은 아직도 농기계로 애를 먹는다. 눈 감고도 척척 다루기는커녕 고치러 가는 시간이 더 든다.

그러나 귀농 10년차에 터득한 것도 한 가지 있다. 농사란 나 잘난 멋에 짓는 게 아니라 대지와 하늘의 눈치를 봐가며 짓는 것이라는 걸 알게 되었다. 대지에 얼마나 의존하고 감사해야 하는지를 알았으니 눈 감고 라면 끓이고 회를 뜨는 것보다 더 큰 수확이 아닐 수 없다.

겨울이 지나고 봄 농사가 시작되는 시기가 되면, 꼭 새해를 맞는 것처럼 마음이 설렌다. 허리까지 오는 눈 속에서도 봄을 생각하면 몸이 먼저 전율하는 이 직업을 가진 나는 행운아다. 그리고 이렇게 설레는 직업을 가진 덕에 새해가 되어 다시 한 바퀴의 농사를 짓기 위해 겨울이면 하루하루 봄을 손꼽아 기다리는 산골부부는 행복한 사람이다.

춤

쉬어 가도
멈추지는 말라

대머리 민들레에게 배우다

어느덧 5월. 철 늦은 민들레꽃의 샛노란 빛이 화사하기보다는 측은하다. 남들은 벌써 다녀갔건만 무엇을 하다 이제야 홀로 피어 섞이지 못하는지. 이제 막 꽃피울 차례를 기다리며 마음을 정갈히 하고 있는 작약보다도 한참 밑바닥에 혼자 앉아 있다.

산골에는 씨를 뿌리지 않아도 민들레가 지천이다. 요즘 민들레의 항암효과가 뛰어나다 어디에 좋다 하는 소리가 많이 들리니, 보이는 족족 캐고 뽑고 난리다. 병을 고치고 건강하게 살려는 마음이야 모르는 바는 아니지만, 그 원인이 '욕심'이 아닐까 하는 생각을 하니 마음이 씁쓸하다. 우리도 인디언들처럼 자신에게 최소한의 필요한 양만 취하고 나머지는 자연의 것으로 남길 수 있는 날은 언제나 되어야 올까. 민들레는 사람이 욕심껏 씨를 방사하지 않아도 정도껏만 채취하면 제가 알아서 자식을 번창시키는 강한 생명력을 지녔다.

지금까지는 민들레를 만나면 '민들레 철이구나. 군데군데 캐서 효소 담가야겠구나' 하는 생각 이상은 들지 않았다. 그러나 지금은 환한 꽃보다 그 다음에 오는 현상에 눈이 오래 머문다.

민들레는 다른 꽃과는 달리 꽃이 지고 나면 후편이 이어진다. 제 삿밥처럼 고봉으로 씨를 매달고 서 있다. 작년까지만 해도 그렇게 바람과 맞서고 서 있는 둥그런 씨 봉오리를 보면 뒷간을 가다가도 발로 찼다. 그렇게 차주는 것이 번식을 돕는 일이라는 알량한 마음도 작용을 했고, 기다렸다는 듯이 사방으로 흩어지는 모습이 재밌기도 했다.

그러나 올해는 뒷간 가면서 그것을 발로 걷어차지 못했다. 결코 씨 한 톨 빼앗기지 않겠다는 듯이 자식들을 둥그렇게 끼고 있던 민들레가, 때가 되면 사방으로 자식들을 떠나보낸다는 사실에 생각이 미쳤기 때문이다. 그렇게 하나도 남기지 않고 모두 떠나보내고 나면 달랑 빈 몸뚱이만이 바람을 맞고 있다가 어느 날 자취도 없이 스러지곤 한다.

〈민들레의 일생〉 같은 이 다큐멘터리 영화를 한 편 보고 있자니, 우리네 삶과 다를 바가 없다는 걸 이제야 깨달았다. 또 하나의 다른 사람을 만나 사랑을 하고, 가족을 이루고, 그들을 품어 오다 때가 되면 그들을 떠나보낸다. 내 눈에는 평생 끼고 살아야 할 것처럼 어려 보여 늘 보호하려 들지만, 어느 순간에는 매정하게 홀로서기를 시켜야 할 때가 온다. 등 떠미는 어미 마음이 서럽지만 '홀로 있을수록 함께 있다' 는 누군가의 말을 되새기며 손을 놓아야 한다. 그렇게 떠나보내고 나면 우린 어느새 아무것도 쥐지 않고 올 때처럼 또 그렇게 갈 것이다.

갓 태어난 아기의 까까머리 같은 얼굴을 하고 있는 민들레. 난 그 모습을 오랫동안 쭈그리고 앉아 보았다. 나의 시계바늘도 어느덧 씨앗 가득 품은 민들레의 모습을 향해 가고 있음이 실감 났다.

대머리 민들레를 뒤로 하고 돌아오는 길….

간디와 함께 인도의 정신적 지주로 일컬어지는 비노바 바베의 말이 생각났다.

> 실제로 우리의 고향은 저 세상이다.
> 이 세상에서 우리는 나그네들이다.
> 내 차례가 다가오고 있다.
> 이제 며칠 남았을 뿐.
> 나는 분명 웃으면서 노래를 부르며 가게 될 것이다.

올 한 해 농사는 안 되어도 좋다. 이렇듯 인생농사가 풍요로우니 말이다. 이번에는 대머리 민들레가 가르침을 주었지만, 다음은 이 산중에서 누가 내 스승이 될지 벌써부터 입에 침이 고인다. 바라건 대 내 모든 숨 쉬는 의식이 앞으로도 쭉 오늘과 같은 방향으로 자 맥질해가기를 간절히 바라는 날이다.

산골에서는 만나는 모두가 거울이다.

아내와 장미

　요즘 개복숭아 씨를 심고 묘목을 옮겨 심는 일이 한창이다. 어제도 아내와 함께 달밭에 엎드려 씨앗과 묘목을 심으며 새 생명이 자라나는 상상을 한참 펼쳤다. 복사꽃이 아름답게 피어나고, 그 꽃이 진 자리에 옛날 분들이 '죽은 사람도 살린다' 며 극찬하던 개복숭아가 열리는 모습을.

　그런 상상은 구체적으로 할수록 일하는 데 힘이 난다. 이번에는 허리에 권총집처럼 생긴 가위집을 두르고, 새로 산 전지가위까지 들고 있자니 상상력이 더 풍부해지는 듯하다.

　어제는 논산의 이원무 신부님께서 장미 다섯 그루를 주셨다. 장미는 두 종류였는데 신부님 말씀으로는 그 중 하나가 '투톤' 장미라 한결 예쁘다 하신다. 꽃잎 안쪽은 노란색이고 끝부분은 빨강색이라며 세심치 못한 나에게 자세히 설명을 해주셨다.

녀석들은 그냥 장미가 아니라 나름대로 이름도 있었다. 발음이 어려워 듣고도 기억이 안 나기에, 집에 와서는 장미를 주문하셨다는 곳의 인터넷 홈페이지에 들어가 보았다. 하나는 오렌지메이안디나이고, 투톤이라 하셨던 그 장미의 이름은 찰스톤이었다. 이름도 멋지고 거창하다.

찰스톤이고 오렌지메이안디나고 간에 잘 심어서 살리는 것이 내 임무다. 아내는 이런 꽃이나 작은 나무에 진작부터 관심이 많았지만, 나는 귀농 후로도 꽃에 관심을 가지게 된 지가 얼마 되지 않았다. 나름대로 타지에 와서 적응해야 했고, 이렇게 저렇게 생기는 보도 들도 못한 문제들을 극복하며 산다는 것이 그럴 여유(?)를 만들어주지 못했다고 내 마음에 변명을 해본다.

그런데 서너 해 전부터 귀농 짬밥이 늘수록 이런 곳에도 눈을 돌릴 여유가 생겼다.

신부님께 장미를 받은 날은 개복숭아를 심느라 손을 대지 못하고 오늘 장미 뿌리가 마르기 전에 서둘러 일을 시작했다. 신부님은 장미와 함께, 장미가 타고 오를 수 있는 아치형 스텐 구조물도 두 개 주고 가셨다. 아내에게 의견을 구해, 이것을 어디에 박을지 정하고는 땅을 팠다. 땅이 푹신푹신한 곳이 아니라 삽으로 파는데 꽤 힘이 들었다.

두 개를 터널식으로 만들자는 아내의 생각에 따라 적당한 간격을 두고 아치를 박았다. 아끼던 양질의 퇴비도 듬뿍 주고, 물도 한 양동이 받아다가 주고, 각각의 아치 끝에 장미를 한 그루씩 심었다. 그리고 장미 넝쿨이 쓰러지지 않도록 농원에서 보내준 끈으로 묶어주었다. 털털한 내 성격에 이 정도면 예술이나 다름없었다.

신부님께 듣기로 어떤 것이 찰스톤이고 어떤 것이 오렌지메이안 디나인지 구별하는 방법이 있다던데, 도무지 생각이 나질 않는다. 피어 보면 알 테지. 아내 같았으면 찬찬히 따지고 구분해서 심었겠지만 아무렴 어떤가, 피어서 예쁘면 되지.

아내가 나오기 전에 후다닥 심고 나니, 내가 못 미더웠는지 아내가 효소 발송 준비를 서둘러 끝내고는 나와서 바로 지적을 한다. 장미를 거기에 심으면 그 옆의 전기계량기 집에 가려서 빛을 발하지 못한다는 것이다. 그러니 아치 하나를 앞으로 더 당겨 달란다. 말이 앞으로 조금 당기는 거지, 다시 파서 박으려면 대공사다.

내가 안 들어주면 자기라도 다시 뽑아서 박을 사람이라, 나도 머리를 썼다. 다 생각이 있었노라고, 이리 재고 저리 재고 세심하게 배려해서 계산한 거라고 설명하고는 부리나케 나머지 장미를 심으러 집 앞으로 올라갔다.

아내는 아치를 한동안 바라보더니 잠자코 따라온다. 더 말해봐야 아무 소용이 없다고 생각한 듯하다. 아까 바빠서 자세히 참견 못하고 말로만 설명한 것을 후회하는 눈치였다. 이제 두 그루는 물

건너갔고, 도끼눈을 하고 있는 아내에게 집 주위 어디에 장미를 심을지 자세히 물었다. 이미 기분이 상한 아내가 볼멘소리로, 이것도 '세심한 배려심'을 발휘해서 심어보란다. 물론 심는 거야 잘 심지만, 어째 뼈 있는 말 같아서 마음이 따끔하다.

　장미를 마저 심고 약간 미안한 마음에 뒤를 돌아보니, 장미를 한참 둘러보며 미소를 띠고 있는 아내가 보인다. ■

잘 가렴, 나의 오두막이여

상사화가 삐죽 몸을 내밀더니만 어느 비 개인 날 대뜸 꽃을 피웠다. 꽃만 서너 송이 머리에 이었을 뿐 잎은 어디에도 없다. 꽃과 잎이 평생토록 만날 수 없는 꽃. 꽃말도 '이루어질 수 없는 사랑'이다. 그런 사연을 알고 봐서 그런지, 볼수록 애잔함이 가시지 않는다.

그런가 하면 오두막 앞의 자귀나무는 예부터 부부금슬 좋으라고 집 앞에 심었단다. 귀농하고 알게 된 고마운 분도 그런 뜻에서 우리 집 앞에 자귀나무 한 그루를 심어주었다. 속뜻처럼 자귀나무는 다른 꽃나무와 달리 잎과 잎이 어긋하게 나지 않고 서로 마주본 채 나 있다. 부부가 거울처럼 마주보며 서로의 단점은 감춰주고 장점은 칭찬하며 살라는 뜻인가 보다. 꿈보다 해몽이 좋다고 할지 몰라도 자귀나무꽃을 보면 포근하고 따사로워진다.

예전에는 미처 생각지 못했는데, 귀농을 한 다음부터는 상사화나 자귀나무 같은 꽃을 보면서도 그 존재가치와 교훈이 가득 담겼다는 것을 느끼게 된다. 자연이 잘났다는 인간보다 한 끝발 높음에 틀림없다.

:::::

귀농 8년차. 그동안 낯선 곳에서 우리 가족을 보듬어주었던 오두막을 헐고 새 집을 짓기로 했다. 지금의 오두막도 네 가족의 영혼을 맡기기에 훌륭하지만 애들 방이 밖으로 돌아 있어 불편하고, 오래된 흙집이다 보니 쥐들의 공격대상에서 제외될 수 없다는 점도 이유려니와, 워낙 오래된 집이라 잦은 전기합선 등의 화재위험 때문에 선택의 여지도 별로 없다는 게 이 집을 뒤로 하게 된 이유들이다.

며칠 동안 이삿짐을 날랐다. 남들은 새 집을 짓게 되어 얼마나 좋으냐고들 하지만, 사실 나는 그렇게 개운한 감정만 가질 수가 없다. 좋기보다는 '추억어림' 때문에 어질병으로 고생하고 있으며 심한 날은 가슴이 울렁거리고 우울하기까지 하다. 이렇게 말해도 내 마음을 이해할 사람 별로 없을 것이다. 당연하다는 생각이 불쑥 튀어 나온다. 나처럼 철저한 이방인이 되어본 사람이 얼마나 있을까 하는 생각에 가슴이 더 먹먹해진다.

• 남편 손에 이끌려 마지막으로 찍은 오두막 기념사진
•• 조금씩 허물리는 정든 오두막

　연고도 없는 첩첩산중으로의 귀농은 분명 예삿일이 아니었다. 처음에는 결사반대했던 나지만, 가장의 확고한 의지와 자연에서 아이들을 키우고 싶다는 생각이 맞아떨어져 울진에서도 제일 오지인

쌍전리 오두막으로 오게 되었다.

　낯선 곳으로 내려온 이방인들을 아무 텃새 없이, 얼굴빛 하나 안 변하고 반겨주었던 오두막. 추운 겨울엔 따뜻한 군불로 품어주었고, 따가운 여름엔 흙벽으로 살금살금 바람을 불어넣어주었다. 상처받아 가슴에 멍이 들거나 고열로 잠 못 이룰 때는 산골가족의 등을 토닥여주었고, 손 맥박을 세며 함께 밤을 새워주었다.

　그을음이 쩌든 서까래 아래로 우리 네 식구를 긴 팔 뻗어 말 없이 안아주었던 오두막은 다른 숲속 동물들에게도 너그러웠다. 봄이면 이름 모를 새들의 분만실을 처마 밑에 마련해주었고, 풀벌레들의 놀이터가 되어주었으며, 풍경과 바람이 만나는 카페가 되었다.

　그 오두막을 허물려 한다. 이제야 나는 그에게 내 마음을 전한다.

　'고맙다, 나의 안식처야! 너와 함께한 세월을 결코 잊지 않으마. 너로 인해 엄동설한에도 등이 따뜻했고 낯선 곳에서 덜 서러웠구나. 넌 산골가족에게 한없이 베풀고 흙으로 돌아가는구나. 나의 부모가 내게 그러했듯이….'

　드디어 포크레인이 오두막에 다가간다. 수없이 다짐했건만 눈물이 자꾸 흐르고, 장갑 낀 손으로 막은 입에서는 흑흑 소리가 터져 나온다. 포크레인은 제일 앞의 가작과 바깥 마루를 걷어낸다. 문도 변변히 없어 뱀도 들어오고, 개구리도 들어오고, 도마뱀도 들어와

나를 긴장하게 만들었지만 햇살 가득한 가을날 그곳에 앉아 책을 노을에 적셔 읽었던 황홀한 공간이다.

다음에는 주현이 방으로 썼던 흙방이 연기 속으로 사라졌고, 겨울에 화로 가득 불을 담아 네 식구 고구마도 구워 먹고, 밤과 하얀 가래떡도 구워 먹던 안쪽 마루가 허물렸다. 거친 포크레인은 나의 추억이 따라가는 속도보다 더 빠르게 오두막을 허물었다. 그 속도에 따라 내 울음소리도 점점 커져만갔다.

이제 오두막은 나의 눈에서 사라졌다. 그리고 동시에 산골가족의 가슴에 더 깊은 추억의 자국을 남겼다. 정들었던 오두막아, 우리 새로운 세상에서도 서로 등 비비며 사는 관계로 만나자꾸나.

낯선 새 둥지

오두막을 부수고 임시 거처에서 고생하며 머문 기간이 참으로 길었다. 드디어 새 집이 완성되어, 창고와 컨테이너에서 가슴 졸이며 살던 시절도 끝이 났다. 공사 기간이 너무 길고 창고에서 살며 고생한 탓인지 실감이 잘 나질 않는다. 다만 이제 추운 겨울밤 창고에서 다 같이 떨면서 자지 않아도 되고, 아내가 창고 안쪽에서 손을 호호 불어가며 커피포트에 물을 끓여 쭈그리고 앉아 설거지를 안 해도 된다는 사실만큼은 피부로 와 닿는다.

외부 도색이며 데크 공사, 베란다 바닥의 타일 작업 등이 모두 끝나려면 3, 4월이 되어야 하지만 집 내부에서 생활하는 데는 전혀 지장이 없다.

어제부터 눈이 내렸다. 오늘 아침에 일어나보니 산 전체가 눈 세

상이 되어버렸다. 새 집의 상태도 살펴볼 겸 해서 카메라를 들고
사진을 찍어보았다. 작년에 갔던 스위스 인터라켄인가 하는 지역
의 집에 홀딱 반하고 나서 내가 나중에 집을 지으면 꼭 그런 스타
일로 지을 거라 마음먹었었다. 그리고 그 계획을 실천에 옮겼다.
아마도 내가 처음 귀농에 뜻을 두고 어떤 난관도 헤치며 귀농을 실
천한 것과 같은 용기였을 것이다. 그러다보니 집의 최고 높이가 7
미터에 가까워졌다. 게다가 천장이 이렇게 높은 집의 전면을 통창
으로 했다. 내 이런저런 계획을 들은 이웃들이 그런 집을 지으려면
비용도 많이 들 뿐더러, 겨울에는 춥고 여름에는 통창이라 더워서

키가 유난히 큰 우리의 새 보금자리

살기 힘들다며 만류했지만 우리는 고집을 꺾지 않았다. 추우면 나무보일러에 나무 한 번 더 넣으면 되고 더울 때는 창문 열어놓으면 된다는 배짱이었다. 이것 저것 따지다가는 내가 꿈꾸는, 원하는 집을 짓지 못한다는 것이 우리 부부의 생각이었고, 둘이 호흡이 척척 맞아 집 구조 등을 놓고 의견이 엇갈린 적이 없었다.

농가주택이다 보니 30평이 한계인지라 거실을 넓게 쓰려면 주방과 거실의 구분을 없애는 게 좋겠다는 아내의 생각을 그대로 반영했다. 거실과 주방의 최고 높이가 7미터 가까이 되는데, 위가 너무 허전할 것 같아 주방 공간 위에 아내가 좋아하는 다락방을 만들었다. 다락방이라지만 서서 활동하는 공간이 넓어서 아내가 그곳에서 글도 쓰고, 책도 읽고, 기도도 하는 아주 소중한 공간이 되었다. 그동안 남편을 따라 귀농하여 이 첩첩산중으로 내려와 농사짓고 아이들을 키운 고마운 아내에게 주는 나의 선물인 셈이다.

보일러실은 원래 집 내부의 한 귀퉁이에 만들려 했는데 나무보일러는 부피도 크고 연기가 많이 나기 때문에 건물과 별도로 지어야 한다는 김승하 님의 충고에 일단은 밖에서 불을 때고 있다. 봄이 되어 날이 풀리면 간단하게나마 보일러실을 짓기로 했다.

원래 보일러실로 쓰려고 했던 장소는 창고 겸 보일러, 냉·온수 분배기실로 바뀌었다. 겉으로 보기에는 평범할지 몰라도 김승하 님과 내가 배관·설비를 직접 해보니 정말 예술이 따로 없다. 처음에는 굳이 돈 들여가면서 이렇게 복잡한 작업을 해야 하나 싶었지

다락방에서 거실을 내려다본 모습

만, 산골이라 무엇이 하나 고장 나면 자장면을 배달시키듯 기술자를 부를 수도 없다는 이유에서 김승하 님은 철저히, 이중삼중으로 장치를 해가며 완벽하게 공사를 해주었다. 막상 해놓고 보니 정말 잘했다는 생각이 든다.

특히 상하수도가 고장이 나면 정말 골치가 아프다. 심한 경우 고장의 원인을 알아내려고 방바닥 전체를 뜯는 경우도 있는데, 우리 집은 그런 사태를 방지하려고 배관라인 하나하나를 별도로 했고 그 위에 한 겹을 덧씌워주었다.

저 멀리 눈길을 뚫고 김승하 님이 걸어오는 것이 보인다. 눈이 너무 많이 와서 차는 다리 곁에 세워둔 채다. 오늘은 산골에 어떤 공사를 해주시려는지 어깨에 나무 같은 것을 잔뜩 지고 눈길을 걸어오고 있다. 내가 무슨 복으로 이런 귀한 인연을 만났을까 여러 번 되뇌게 하는 분이다.

아직도 새 집은 영 우리 집 같지가 않다. 가끔은 자다가 깨어서 거실 안을 서성이곤 한다. 무슨 산장에 온 것 같기도 하고 하룻밤 민박하는 나그네 같기도 하고 그렇다. 살림살이가 아직 다 옮겨지지 않은 탓인지, 아니면 침대며 소파며 모든 집기가 친척이나 신부님께 협찬(?)받은 것이라 낯설어서 그런지 모르겠다. 어서 빨리 새 집에 정이 들기를 바랄 뿐이다.

처마 밑의 정육점

야콘 효소를 담갔다. 초보농사꾼까지 허리를 다치는 바람에 품을 사서 효소를 담갔다. 야콘의 끄트머리를 일일이 잘라내고 갈라진 부분도 파낸 다음 물로 정갈하게 씻는 것으로 시작된다. 겨울은 겨울이라 물 작업은 사람 몸을 시리게 한다. 올해는 야콘이 잘 숙성되어 효소의 맛도 깊을 것 같다.

효소를 정성껏 담고 효소실의 물청소를 말끔히 끝내고 나니 기분이 상쾌하고 뿌듯하다. 이제 이 숨쉬는 항아리에서 산중의 온도대로 몇 년 숙성되면 될 일이다. 저녁을 준비하려는데 초보농사꾼과 선우가 씩 웃는다. 나는 그 웃음이 무슨 뜻인지 파악하고 두 사람의 손에 번쩍이는 부엌칼을 쥐어준다.

귀농 이후 줄곧, 새밭의 반장이라는 완장을 찼던 초보농사꾼이

• 처마 밑에 나란히 걸린 돼지고기와 시래기
•• 선우와 초보농사꾼이 서툰 솜씨로 고기를 자른다

올해는 돼지를 잡아 우리 반 어르신들께 한턱내자고 한다. 모두 모여 구워 먹고 남은 것을 어른들 가실 때 조금씩 나누어 드리고 우리 몫은 오두막 뒤편 처마 밑에 매달아두었다. 처음 귀농할 때부터 겨울에 돼지를 잡아 그렇게 처마 밑에 묶어두고 먹으면 맛있다는 얘기를 이곳 어른들께 들었지만 왠지 내키지 않았던 터였다. 산골에 살다 보니 심장도 튼실해지는 것 같아 이번에 초보농사꾼의 말에 따라 여기 방식대로 한번 해보기로 한 것이다.

여전히 미덥지 않은 나는 혹시 하는 마음에 냉동실에 넣어두고 꺼내먹자고 했는데 초보농사꾼이 머리를 흔든다. 우리도 이제 시골사람들이니 여기 방식대로 해보면서 살잔다. 그렇게 선우와 초보농사꾼은 뒤꼍에 가서 돼지를 철사로 걸었다.

처음에는 까마귀나 까치 같은 반갑지 않은 손님을 피하려 주현이 방 앞쪽에 있는 처마 밑 공간이 좋다고 했더니, 그건 또 아이 정서상 옳지 않단다. 이젠 아이들의 정서까지 생각을 해주는 초보농사꾼이다. 이 사람 너무 변하는 거 아닌가 하는 생각이 잠시 나를 멈칫하게 한다. 그래서 결정한 곳이 뒤 처마 밑이다.

갑자기 손님이 오시면 고기를 조금 끊어다가 김장김치에 두부 넣고 냉동실에 썰어둔 매운 고추도 몇 개 넣고 보글보글 끓여내면 훌륭한 손님접대가 된다. 내 마음이 즐거우라고 하신 말씀이겠지만, 둘이 먹다 하나 죽어도 모른다는 맛이 이 맛이라며 칭찬이 가득하다. 손님이 가실 때 조금 끊어서 쥐여 드리면 어떤 선물보다 좋다.

오늘 두 박 씨가 웃음을 흘린 것도 우리 집 뒤꼍의 정육점 때문이다. 칼을 들고 사라진 사람들을 좇아 뒤 창호로 내다보니 선우는 손전등으로 불빛을 비추고 초보농사꾼은 왼손으로 고기를 끊고 있다. 익숙지 않은 일이라 더디지만 부자가 그렇게 진지할 수가 없다.

아이를 보며 난 속으로 이렇게 말을 건넸다.

"선우야, 커서 산골에 오면 엄마가 너희 줄 돼지를 잡아서 이렇게 걸어두마. 그때는 지금을 이야기하며 추억에 젖겠지. 추억이 별것이겠니. 현재의 모든 순간이 세월밥을 먹으면 추억이 되는 것을…"

오늘 저녁 고기찌개 냄새가 진동을 하고 초보농사꾼의 손에서는 1.8리터들이 소주병이 주둥이로 술을 쏟아내느라 바빴다.

칼바람 속 천고사 지내는 날

2006년 2월 7일 눈 오는 날, 겨울의 끝자락에 내린 눈이 산골의 시간을 순간에 정지시켜놓았다. 오늘은 3년에 한 번씩 치르는 천고사를 지내는 날이다.

귀농하면서 아이들과 한 약속을 지키느라, 올해도 필리핀으로 여행을 다녀왔는데, 여독이 풀리지도 않은 채 무조건 집을 나서야 한다. 내가 새밭의 반장이기 때문이다.

내가 살고 있는 쌍전1리는 덕거리, 새밭, 진밭, 불근동, 깨밭골이라는 다섯 개의 자연부락으로 이루어졌다. 총 40여 호가 살고 있는 전형적인 산골마을이다.

36번국도와 접해 있는 덕거리의 10여 호를 제외하고는 모든 집들이 독가촌을 형성하고 있다. 특히 불근동은 선정기준이 무엇인지는 몰라도 얼마 전 행정자치부에서 선정한 '우리나라 최고의 오지'에 꼽힐 정도로 열악한 동네인데, 바로 우리 마을이다.

시골마을이 다 그렇듯이 동네마다, 아니면 자연부락마다 마을의 수호신을 모셔두는 사당을 지어놓거나 아니면 가장 오래된 나무에 1년 동안의 무사안녕을 비는 당제사를 지낸다. 우리 새밭도 해마다 보름이 되면 어르신들이 예외 없이 번갈아가면서 당제사를 지낸다. 나 역시도 해마다 어른들 틈바구니에 끼어 당제사에 참석해왔다. 이래봬도 연봉 5만 원을 받는 반장이니 말이다.

그런데 오늘 제사는 조금 다르다. 어른들 말씀으로는 울진에서 유일하게 천고사가 있는 날이라고 한다. 천고사를 모시는 터가 내가 반장(무척 강조하고 있다)으로 있는 새밭의 어느 산에 있다는 말은 3년 전부터 들었다. 그때는 아직 우리 동네를 자세히 알지 못했기 때문에 호기심을 꾹 참고 3년 후를 기약했다.

천고사는 마을에서도 무척 중요하게 여기기 때문에 날짜를 택일하고, 제사에 참석하는 사람도 마을의 가장 높으신 어른이 여러 가지 사주궁합을 보이 선택을 하신다. 나는 이번에도 천고사를 주관하는 제주(祭主)로 낙점을 받지 못했다. 내 띠가 안 맞다는 게 이유였다.

그래도 꼭 참석하고 싶은 마음에 꾀를 냈다. 내용인즉, 마을에 이렇게 중요하고 귀한 행사가 있는데 이를 어찌 기록으로 남겨놓지 않을 수 있느냐, 당연히 내가 사진 찍는 '찍사' 역할을 하겠노라고 부탁을 드렸다. 나의 제안을 들으신 제군들은 하루 동안 상의 끝에 간신히 참석을 허락해주셨다. 일흔이 넘은 노인들도 기준에 맞지 않아서 아직 한 번도 구경을 못 하신 분들이 있다니, 그나마 나는 행운이지 싶다.

드디어 천고사를 지내는 날. 그날따라 바람이 드세고 사람이 걸어 다니기 힘들 정도로 눈보라가 쳤다. 짐을 메고 갖은 고생 끝에 천고사 터에 올랐다. 얼마나 오고 싶던 곳인가. 그런데 막상 올라가 보니 실망스럽게 아무것도 없었다.

내 딴에는 당제사를 지내는 작은 건물보다는 훨씬 웅장하고, 내가 상상하지 못했던 그 무엇이 있을 줄 알았는데 두 평 남짓한 평지에 차고 매서운 바람만 내 얼굴을 스쳤다. 아무것도 없는 자리인데도 어르신들은 신기하게 단번에 제사 지내는 터를 찾으신다.

서울촌놈이 하도 이상해서 어른들께 여기가 천고사 터냐고 물어보니 그렇단다. 적잖은 실망을 했지만 티를 내지 않고 터 위의 눈을 정리한 후 자리를 깔았다.

참석한 어른들은 그나마 마을에서 젊은 축(산골에서 젊은이라고 하면 '이빨 빠진 젊은이'라고 할 정도로 대부분 연세가 많으시다)에 드시는 분들인데, 하나하나 순서대로 이루어지는 동작들이 그렇게 진지할 수가 없었다. 나중에 들은 이야기지만, 천고사 지내는 3일 전부터는 아내와 잠자리도 하지 않고 외출도 하지 않으신다.

닭을 잡아 목에서 나온 피를 천고사 터 주위에 뿌렸다. 그리 하는 어르신들도 정확한 이유는 알지 못하고, 그저 예전부터 그렇게 해 왔다고만 하신다. 이리저리 눈보라 속에서 사진을 찍으면서 제주들의 표정을 계속 살폈다. 가지고 온 제물을 바치거나 소지를 올리거나 할 때는 모두가 한마음이었다.

"유세차~~~ 어쩌고저쩌고…."

보통 제문에 쓰이는 그 대목이 여기서도 꼭 들어간다. 한시를 외는 듯 그 속도는 아주 느리고 경건했다. 앞으로 3년간 모두가 건강하고 평안하도록, 우리 마을에 사는 한 사람 한 사람의 이름이 적힌 종이를 들고 그 이름을 거명하며 소지를 태우는 모습은 눈밭의

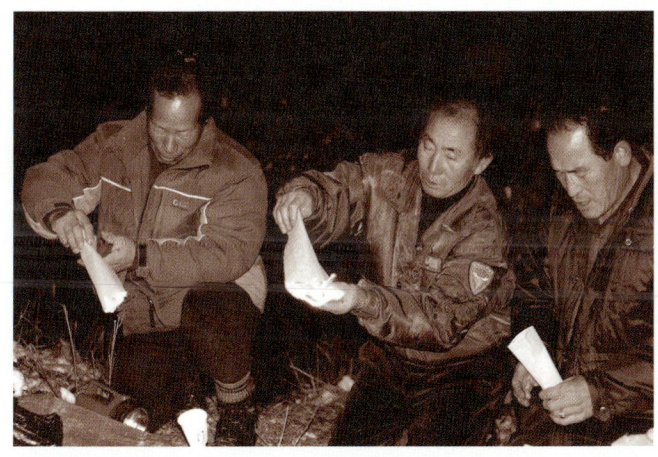

마을 사람 한 분 한 분의 이름이 적힌 종이를 태우며
건강과 무사안녕을 빈다

칼바람과 어우러져 더없이 진지했다.

　나는 천주교 신자지만, 이것이 미신이든 전래신앙이든 간에 하늘에 계신 분께 인간의 부족함을 용서해달라고 빌면서 무사안녕을 기원하는 모습을 보니 가슴이 찡했다.

　천고사라는 거창한 이름에 마음이 부풀어서는 화려하고 웅장한 볼거리를 기대했던 나 자신이 부끄럽기 그지없는 하루였다. 보이지 않는 것에 경건한 마음으로 예를 갖추는 어르신들의 모습이 귀농한 젊은이에게 큰 교훈으로 남았다. 🟩

겨울 산골에 생기를

울진 장날은 5일장으로 2 · 7일 장이다. 그러니까 2일, 7일, 12일, 17일, 22일, 27일, 이렇게 장이 선다.

세월이 무수하게 흘렀지만, 여전히 나는 장날 이야기만 나와도 어린 시절로 단숨에 돌아간다. 병천 장에서 내 작은 눈에 쏟아져 들어왔던 신비로움과 경이로움이 가슴속에서 꿈틀거린다. 세월이 하얗게 지난 지금도 그 꿈틀거림을 잊지 않고 있다는 사실이 놀랍기만 하다. 요즘의 장날은 옛날의 장날 풍경과는 판이하게 달라졌지만 장날이라는 단어가 갖는 그 울림은 내 의지대로 막을 수 없는가 보다.

내가 장날을 기다리는 것은 겨울의 단조로움과 건조함에서 나와 산골가족들을 건져내고 싶기 때문이다. 산골의 겨울은 어느 곳보다도 길다. 그래서 겨울장작도 다른 곳에 사는 사람들보다 훨씬 여유롭게 쟁여두어야 한다. 나무 타는 소리가 길어지는 만큼 마음도 오래도록 따사롭게 유지된다.

문득 장날에 꽃을 사야겠다고 마음을 먹었다. 작은 화분 하나를 가슴에 품고 와 오두막에 내려놓으면 이내 그 향기로 집 안이 촉촉해질 것 같았다.

그런데 막상 장에 가 보니, 갑자기 추워진 날씨 탓에 장바닥에 쪼그려 앉아 고르고 자시고 할 정신조차 없다. 꽃을 사자마자 곧 얼어버릴 것 같아 비닐에 싸인 작은 화분 두 개를 얼른 받아 안았다.

그런데 발걸음이 떨어지질 않는다. 눈 속에서도 꽃이 핀다는 그놈의 동백나무가 눈에 들어와 앉은 탓이다. 예전부터 동백나무를 몇 그루 사고 싶었지만 산골은 워낙 기후가 특이하여 심을 수 있는 나무가 얼마 안 되었다. 시행착오를 숱하게 겪고 나니 덥석 욕심을 부리지 못했다.

일단 허우대 좋은 놈으로 물어보니 3만 5천 원이란다. 죽을지 살지도 모르는데 어떻게 해야 하나 고민이 아닐 수 없다. 그래, 일단 열과 성을 다해 보살피면 저도 나를 외면하지 않으리라는 쪽으로 마음의 가닥을 잡고 그 옆에 좀 덜떨어진 놈 쪽으로 손가락의 방향을 돌렸다. 8천500원이라는 대답을 듣고 두어 번 주머니 속 무게를 신중하게 가늠해본 후 세 놈을 건네받았다. 녀석들을 선우와 조심스레 나누어 들고 장을 떠났다.

오두막에 들여다놓고 보니 장바닥에 있을 때보다 한인물 난다. 그 인물이 그 인물이겠지만 벌써 내 식구라고 한 점 먹고 들어가는 것이 사람의 마음인가 보다. 산골에 새 친구가 온 것을 제일 먼저 눈치 챈 놈은 바람이다. 문을 열 때마다 얼굴을 디밀고 들어와 화분 주위를 알짱거리다 나간다.

난 서둘러 아궁이로 가서 화로에 불을 담아 왔다. 그리고 나무들을 화롯가에 죽 둘러앉혔다. 내가 오랫동안 살았던 서울을 떠나 낯선 울진으로 왔을 때 심한 몸살을 앓았던 것처럼, 나무들도 정들었던 터전을 떠나 낯선 오두막에서 오한이라도 들까 걱정이 되었다. 과부 심정은 과부가 안다고 하지 않는가.

• 화롯가에서 몸을 녹이고 마루 안을 두리번거리는 새색시들
•• 잎사귀를 닦아주었더니 얼굴에 금방 생기가 돈다

한 놈은 선우, 주현이가 책을 보는 아랫목 머리맡에 자리를 정해주었더니, 책 읽는 소리에 반응이라도 하듯 자신의 색을 드러낸다. 보라색 화관을 머리에 치장하고 책 읽는 산골아이들의 눈을 밝혀주니 고맙기 그지없다. 게다가 창호문을 열고 들어서면 녀석들이 아이들보다도 먼저 향기로 인사를 건네 온다. 도시에 있었다면 이런 인연을 과연 소중히 여겼을까. 전부 해서 1만 3천500원의 인연에 이리 호들갑을 떨었을까. 값나가는 이국의 화초들을 키워도 이만큼의 즐거움은 누릴 수가 없었다.

오늘은 해바라기 하는 날이다. 사람이든 식물이든 햇살을 봐야 뽀송뽀송 깔끔해지는 법. 온천물에 몸을 담그듯 나무들이 풍성한 햇살에 몸을 담그고서 환하게 웃고 있다. 앙살

우리 집에서 가장 가까운 집

장날은 구경거리가 많아 좋다. 바쁜 걸음 멈추고 작은 눈을 이리저리 굴리느라 바쁘다.

옛날의 장날 풍경과는 거리가 있지만 그래도 이런 풍경을 여간 해선 접하지 못하는 사람들에게도 보여주고 싶은 마음 굴뚝같다. 그러나 그 순수하고 소박한 모습에 카메라를 들이댈 용기가 나지 않았다. 우연히 일 보러 읍에 나가야 했는데, 정말 '가는 날이 장날'이었다.

헌옷을 수선하는 집에 들러 옷을 맡기고 나오며 용기 내어 카메라를 꺼냈는데 등골에 땀이 흐른다. 결국 카메라를 가방에 넣고 말았다.

작은 형겊 자루에 검정콩, 조, 보리를 담아놓고, 도라지 한 종지, 부추 한 단 등을 당신 앞에 놓고 그냥 무작정 앉아 계시는 할머니의 모습에 감히 카메라를 들이대지 못했다. '순간'을 간직하고 싶은 내 욕심마저 부끄럽게 느껴질 만큼 그 모습이 하도 선해서…. 그러길 잘했다고 생각했지만 한편으로는 삭막한 도시에 사는 사람들은 그런 모습을 보며 나를 비추어 보고, 부모를 생각하고 고향을 생각하지 않을까 하는 생각이 미치니 아쉬움은 남는다.

다음 장날까지도 카메라를 꺼낼 용기가 생길 것 같진 않다.

::::

한 골에 한 집이 있는 것을 이곳에서는 독가촌이라고 하는데, 우리 집도 그 독가촌에 해당한다. 그러다보니 옆집이라는 개념이 별로 없다. 이웃이라고 할 만한 집은 300~400미터 정도 거리에 있는 할아버지 댁이다. 그나마 그 댁도 멀리에서라도 보이는 것이 아니라 산자락 움푹 패인 곳에 둥지를 튼 우리집의 위치 때문에 우리집에서는 아무리 둘러보아도 보이지도 않는다.

우리 집에서 가장 가까운 거리에 있는 이웃인 그 댁엔 할아버지 한 분이 사신다. 오랫동안 해로하신 할머니를 몇 년 전에 잃으시고, 이제는 홀로 그곳을 지키고 계신다. 그 댁의 주인장, 할아버지는 강직한 성품에 누구에게라도 폐 끼치는 것을 싫어하신다. 하루는 할아버지 댁의 잔디꽃이 참 이쁘다고 말씀드렸더니 어느 비오는 날 아침에 잔디꽃을 비닐 포대에 담아오셔서 몇 개 심어두고 가셨다. 새벽잠이 없으시다 보니 새벽에 오셔서 잠 많은 우리가 깰까 봐 그렇게 조심조심 해놓고 가셨을 때, 가슴 가득하게 밀려오는 마음의 파장이란…. 할아버지의 마음이 잔디보다 더 푸르게 다가와 내 가슴을 두드렸다.

그렇게 심은 잔디꽃이 해가 바뀌자 핑크빛으로 산골을 별나게 밝혀줄 무렵, 올 여름에도 우리 집으로 올라오는 저 아래 다리걸 있는 데서부터 양쪽 길가로 쭉 올라오며 심어주고 가셨다. 물론 주인공은 이웃의 할아버지다. 꽤 긴 거리를 둘러 심었는데도 무심한 나는 알아채지 못했다. 나중에 보니 그 더운 날 슬며시 오셔서 촘촘히 심어주고 가신 것이다. 집에서 멀리 떨어져 있기 때문이라고 나름 변명을 해보지만, 그 고마운 손에 대한 감사도 제대로 하지 못했다. 우습게도 이 산골에선 대부분의 이동을 차로 한다. 이웃도 멀리 떨어져 있고, 밭도 꽤 멀고. 그 까닭에 집으로 올라오는 길가로 심겨진 잔디꽃을 알아채지 못했다. 뜻밖의 선물을 알아챈 날, 마음이 얼마나 따사로웠던가.

초보농사꾼이 반장으로 있는 새밭 어르신들은 따뜻한 분들이다. 우리 홈페이지에 자주 등장하시는 꾀골재 할머니도, 감을 비롯해 김치랑 손수 만드신 두부를 박 반장이 좋아한다고 늘 가져다주시는 위새밭 남씨 할아버님도…. 연고도 없이 둥지를 튼 우리에게 울진의 모든 어른들이 친할아버지, 할머니처럼 다정하게 대해주신다.

어느 날, 잔디꽃을 심어주신 우리 집에서 가장 가까이 사시는 할아버지 댁에 안 좋은 일이 있다며 초보농사꾼이 어두운 얼굴로 입을 뗀다. 이제 막 마흔을 넘긴 사위가 직장에서 갑자기 머리가 아프다고 하더니 그만 다른 세상으로 갔다는 내용이다. 슬픔을 삭이시는지 할아버지가 하루 종일 집에 계시다고 한다. 가까운 이웃인데, 많은 보살핌을 받았는데 어떤 말씀도 못 드리고 있다. 세 치 혀로 어떤 위로의 말씀을 드릴지 몰라서다.

그저 조금 시간이 흐르면 반 어른들 모시고 저녁식사를 함께해야겠다고 되뇔 뿐이다. 약살

지붕 위 컵라면

눈이 정말 많이 왔다. 고립되고 보니 막막했다. 눈삽으로 퍼 봐야 턱도 없다. 태풍 루사와 매미 때도 고립된 경험이 있기에 어느 정도는 단련도 될 법한데, 당할 때마다 난감한 마음은 한결같다. 눈이 계속 쌓이는 걸 보고 있으니, 길 내는 것은 둘째치고 효소실과 창고 건물에 쌓이는 눈 무게가 더 걱정이다. 아내는 통창으로 바로 보이는 효소실 건물을 쳐다보며 한숨만 쉰다. 그 한숨 소리에 내 한숨까지 더해지니 마음은 점점 더 답답하고 아득해진다.

이대로는 안 되겠다는 생각이 들었다. 보고만 있으면 건물이 눈 무게로 언제 무너질지 모른다. 눈의 무게가 얼마나 무서운지는 귀농하고 똑똑히 보지 않았던가.

문득 저 건물을 지을 때 경사를 완만하게 한 것이 후회되었다. 돈

을 아낀다고 친구가 해준 설계에 따라 아는 분을 통해서 자재를 구
입했는데, 지붕 자재가 짧아서 경사를 완만히 할 수밖에 없었다.
그렇다고 잘라놓은 자재를 버릴 수도 없는 노릇이었다. 기둥재를
더 보강하면 되겠지 하고 그냥 지었는데, 눈이 올 때마다 이렇게
눈무게로 무너져내릴까봐 가슴을 졸이고 있다.

그러나 이번 눈은 그냥 가슴 졸임으로 끝내서는 안 될 것 같았
다. 경사진 지붕 위에서 눈을 치우다 떨어질까 걱정이긴 했지만,
설사 떨어진다 해도 눈 위라 괜찮을 거라 스스로 위안을 했다.

• 눈 덮인 지붕에 올라 삽질하기!
•• 금강산도 식후경, 지붕 위의 만찬

일단 우리 일에 매번 자원봉사해주시는 김승하 님께 도움을 요청하고 우리 집을 돕기 위해 갖다놓은 그분의 포크레인으로 대충 길을 밀고 나갔다. 그런 다음 포크레인을 밟고서 효소실 지붕 위로 올라섰다. 그런데 아차, 올라오고 보니 삽을 빠뜨리고 왔다. 아내더러 던지라고 해보았지만 지붕까지 닿지 않았다. 몇 번 시도 끝에 결국 아내가 포크레인에 기어올라와 삽을 건네주었다.

'이 많은 눈을 언제 다 치우나.'

눈의 양도 워낙 많았지만, 비와 싸라기눈이 먼저 온 터라 눈 아래가 단단했다. 몇 삽을 퍼내봤지만 눈 더미는 조금도 줄지 않는다. 얼마 하지도 않은 것 같은데 허리가 아프고 팔이 저리다.

그래도 어둡기 전에 이 일을 다 끝내야 안심일 듯하다. 그 와중에 배가 고프다. 여기까지 어렵게 올라왔는데, 밥을 먹자고 다시 내려갔다 올라올 수는 없다. 보다 못한 아내가 참을 해 온단다. 그럼 어떻게 지붕 위로 공수를 하느냐가 숙제다. 컵라면을 끓여 온다는데 이건 던질 수도 없는 일이다. 아내는 묘안을 생각해냈다. 일단 컵라면을 끓여, 플라스틱통에 김치랑 넣고 뚜껑을 덮은 다음 비닐로 묶어서 던진단다.

그렇게 던진 컵라면을 받아 먹었다. 지붕 위에서 눈 치우다 말고 컵라면 먹어보긴 처음이다. '지붕 위의 바이올린'이 아니라 '지붕 위의 컵라면'이다.

컵라면을 먹으며 산중을 둘러보니 주위 풍경이 눈에 들어온다. 평소에도 느꼈지만 이렇게 올라와서 보니 새삼 아름답다. 지붕 위에서 따뜻한 국물을 마시며 감상하는 눈 풍경…. 경험해보지 않은 사람은 그 감동을 모를 것이다.

감동에 오래 젖을 새도 없이 서둘러 일어나 작업을 계속했다. 어둠이 깔리고 나서야 지붕에서 내려왔는데, 온몸이 두들겨 맞은 것처럼 아프다. 그러나 마음만은 날아갈 듯 가볍다. 🔳

마루문을 못 닫는 이유

요즘 말 못하는 것들에 자꾸 눈이 가고, 마음이 간다. 꽃이 그렇고, 벌레들이 그렇고, 흙의 변화가 그렇고, 숲이 그렇다. 그것들에도 철학이 있음을 알아가고 있다는 증거이니 산골 더부살이가 헛된 것은 아니지 싶다.

지난 겨울에 오두막이 변신하는 일이 있었다. 그전에는 바깥 마루에 비바람을 막아주는 아무런 보호막이나 문이 없었다. 그러다 보니 비바람이나 눈보라가 치면 바깥 마루의 모든 세간살이들이 그 장단에 놀아났다.

물론 좋은 점도 있다. 여름에 시원하다는 것. 하지만 장점 하나에 단점이 열 가지 정도 되는데 아직까지 해결을 못한 것은, 초보농사꾼이 '손치'이기 때문이다(더 자세한 설명은 금물이다). 그러다 아는 분이 오셔서 문도 새로 달아주고, 유리로 바람막이를 해주었다.

이젠 흙먼지 걱정, 비 걱정, 눈 걱정 없어 좋다. 그러나 내가 실수를 한 것이 있었으니, 산골 도반들에게 오두막이 이런 변신을 했다고 귀띔해주지 못한 것이다. 산골 사는 사람으로서 기본적으로 신경 써야 할 '공지의 의무'를 다하지 못한 것.

첫 번째 타격을 받은 놈이 박새다. 산골오두막에는 연통 구멍이 있다. 귀농 초, 마루에 난방시설이 전혀 안 되어 있어 나무 때는 무쇠 난로를 사서 집 안의 마루에 놓았더랬다. 그때 연통을 빼느라 뚫었던 구멍이 이제는 필요 없게 되었지만 그곳을 막을 수가 없었다. 그곳이 바로 '산골분만실'이었기 때문이다. 주현이가 초등학교 3학년 때, 친절한 안내문까지 내걸었던 적이 있다.

바깥 마루를 유리로 막은 뒤에는 이제 분만실도 필요 없게 된 줄 알았다. 그런데 하루는 새가 파닥거리며 유리창에 부딪치는 사고가 발생했다. 어찌 빈틈으로 들어와 옛날의 분만실에 알을 낳았으나 먹이를 찾으러 나가는 문을 못 찾은 것이다. 옛날 생각하고 그냥 날아보지만 유리에 자꾸만 부딪치기에 결국은 어렵사리 손으로 잡아 밖으로 내보내주었다.

난감한 일이다. 이제 알에서 새끼가 깨어나면 어미새가 먹이를 수도 없이 물어다주어야 할 텐데, 어찌해야 할까. 지금껏 둥지를 지을 때나 알을 낳으려 할 때, 내가 문을 잠가버려 유리 밖에서 발을 굴렀을 생각을 하면 마음이 짠하다. 아무리 고민을 해도 뾰족한

• 바깥 마루에 새로 단 유리문, 하지만 활짝 열어놓은 채 살 수밖에 없다

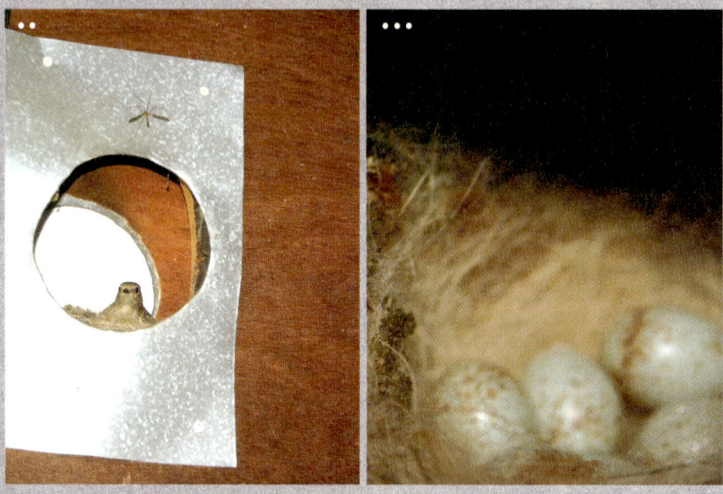

•• 분만실에 알을 낳고 품고 있는 박새
••• 알을 깨고 나오는 어린 박새를 상상한다

수가 없다. 결국 문을 열어놓기로 했다.

문을 열어두니 어미새가 자연스럽게 들락거리며 알을 품는다. 비가 와도 문을 닫지 못하고, 그저 새끼들이 깨어나 세상 밖으로 나갈 때까지 문을 열어두기로 했다.

사실 그 분만실은 위치가 썩 좋은 편은 아니다. 문을 여닫을 때 그 진동과 소음을 가장 먼저 느끼는 곳인데, 대신에 사람 손을 타지 않고 아늑하여 해마다 분만실 구실을 톡톡히 한다.

"박새야, 새끼가 깨어 나오면 내게 알려주렴. 주현이가 옛날보다 더 멋진 안내문을 그려 붙여줄 거야."

파란만장 닭 사육기

지금부터 우리 집 새 식구 이야기를 하려 한다. 다름 아닌 닭 이야기다. 일전에 논산의 이원무 신부님께서 관상용 닭을 사 올 테 니 키워보라고 하셨다. 아내와 나는 자신이 없다고 말씀을 드렸지 만, 신부님은 산골에서 닭 키우고 병아리 키우는 재미도 보라고, 또 유정란을 낳으면 가족끼리 먹는 재미도 쏠쏠하다며 마음을 써 주신 것이다.

사실 귀농 초에도 토종닭을 연구하시는 분이 진주에서 여기까지 직접 여러 마리의 닭을 실어다주신 적이 있었다. 물론 돈도 받지 않고! 실제로 보니 덩치도 작고 색깔도 일반 닭과는 달랐다. 의욕 을 가지고 키우는데 까마귀인지 들짐승인지 모르지만 누가 자꾸 닭을 물어 죽이는 거였다.

나중에는 폐그물을 얻어다가 쳐주기도 했는데 겨우 목숨을 부지하던 놈들을 그만 줄이 풀린 개들이 결국은 다 잡아 죽이고 말았다. 더 마음 상한 건 그렇게 해놓고 먹지도 않았다는 거다. 그야말로 무차별 살상이었다. 어찌나 마음이 안 좋은지 다시는 닭을 안 키우리라 아내와 다짐을 했다.

그러던 어느 7월, 햇살이 따가운 날에 신부님은 트럭에 닭장이랑 닭을 손수 싣고 오셨다. 신부님의 성의를 무시하지 못하고, 그렇게 우리 집에 새 생명이 다시 들어오게 되었다. 그런데 신부님이 가시고 난 다음 날 한 마리가 죽었다. 신부님이 그렇게 마음을 써주셨는데 당장 한 마리를 죽였으니 할 말이 없었다. 이제 남은 세 마리라도 한번 잘 키워보자 마음을 단단히 먹었다. 우리 집에서 새로 지은 신부님 댁까지는 언덕을 헉헉거리며 걸어 올라가야 하는데 매일 밥 주고 물 주고 혹여 다른 동물이 해코지하지는 않을지 걱정되어 수시로 오르내렸다.

어느 날 모이를 주러 올라가는데 닭장이 길 중간까지 내려와 뒤집혀 있었다. 흡사 허리케인이 휩쓸고 간 것처럼 둥지는 둥지대로 나가떨어져 있고 닭장도 심하게 망가져 있었다. 일단 닭장을 다시 제자리로 옮겨놓고 보니 닭들이 어디로 도망갔는지 찾을 수가 없다.

이거야 원, 역시 우린 동물과는 인연이 없나 보다 하며 한참을 맥빠져 있었다. 며칠 후, 선우가 신부님 댁에서 공부를 하고 하루 자고 오더니 집 근처에서 닭 울음소리가 난다고 했다. 집 뒷산 나무 아래서 세 마리가 사이좋게 밤을 지새우고 있었던 것이다. 그래서 그때부터는 닭장 밖에 모이를 주었더니 우리가 없으면 내려와 모이랑 물을 먹고 가곤 했다.

며칠 뒤 신부님이 오셔서 함께 닭장을 수리해주었다. 그러나 문제는 어떻게 닭을 잡아서 닭장에 넣느냐 하는 것이었다. 닭의 눈은 밤에는 제구실을 못하기 때문에 밤에 잡아넣기로 작전(?)을 짰다.

드디어 작전 개시일 밤, 신부님 댁 뒤 보일러 위에서 닭들이 자는 것을 확인하고 신부님과 나 그리고 아들 선우가 한 마리씩 맡기로 했다. 하나, 둘, 셋, 숨을 죽이고 동시에 덮쳤는데 우리 둘은 성공인데 선우가 놓치고 말았다. 다시 한 번 시도한 끝에 드디어 세 마리를 다 잡아 닭장에 넣어주었고, 그 뒤로는 별 탈 없이 닭을 키울 수 있었다.

그런데 새로운 문제가 있었다. 사람의 욕심이라니…. 처음에는 잘 자라는 것으로도 좋기만 하더니, 한참을 지나도 이 녀석들이 알을 낳을 생각을 안 하니까 괜히 섭섭했다. 알은커녕 동그란 그림자도 없었다. 계란 때문에 키우는 것은 아니지만 그래도 닭이 알을 낳지 않으니 왠지 무언가 빠진 것 같아 매일 둥지를 확인했으나 깨끗했다. 그렇게 서서히 기대를 접을 무렵, 드디어 닭이 알을 낳았다. 그것도 한 번에 두 개씩.

하도 신기하여 주현이랑 알을 들여다보고 있자니 옛날 생각이 났다. 어머니가 뜨거운 밥 한가운데를 숟가락으로 파서 거기에 계란을 깨 넣어주면 간장 넣고 참기름 넣고 비벼 먹는 맛이 그렇게 일품이었더랬다.

그렇게 우리 식구가 하루에 두 개씩 계란 깨 먹는 재미를 들이고 있을 때, 신부님께서 이제는 알을 먹지 말고 보관했다가 나중에 암탉이 품을 때 다시 넣어주라고 귀띔을 해주셨다.

어미닭이 알을 품기 시작했다.

모두 여덟 개의 알을 암탉은 죽으나 사나 품고 앉아 있었다. 호수밭에서 일하다가 한 번씩 가봐도 요지부동이었다. 배가 고플 텐데 수탉이 밥은 먹여주나 싶은 생각도 들었다. 오늘은 야콘 밭에서 웅크리고 있다가 아내를 수시로 놀라게 하는 지렁이를 몇 마리 잡아다가 닭장에 넣어주었다. 수탉은 기특하게도 알을 품느라 고생하는 암탉에게 양보를 한다. 암탉은 지렁이를 아주 잘 먹는다. 그러니까 지렁이가 임산부 영양식이 되는 순간이다.

그렇게 품은 날이 오래 지났는데도 병아리가 깨어나질 않는다. 인터넷을 뒤져서 알아보니 15일 정도면 깨어 나온다는데 우리 집 알은 깨어날 줄을 몰랐다. 또 다시 관심과 기대치가 바닥으로 떨어지던 어느 날, 어미 닭 있는 데서 삐약거리는 소리가 들린다.

깨어 나온 병아리는 밖이 궁금한지 자꾸 기어 나오려고 하는데 어미 닭은 도로 날개 속에 끌어안기를 반복하고 있다. 내가 동물을 이렇게 끈기있게 관찰한 적은 없는 것 같다. 이러다 나도 새 박사가 될지도 모른다는 생각에 입술 끝이 올라간다.

태어난 병아리는 모두 네 마리였다. 어느 순간부터는 신기하게도 모두들 바닥으로 내려와 있었다. 그렇게 신통하고 기쁜 순간도 잠시, 한 마리가 죽고 말았다. 그것도 머리를 뜯긴 처참한 상태였다. 이유를 알 수 없었지만 아무튼 근처의 땅을 파고 묻어주었다.

문단속을 단단히 하고 내려왔다가 야콘밭에 가면서 보니 세상에, 또 한 마리가 죽었다. 역시 비슷한 모습으로 죽어 있었다. 이제는 밭에 갈 기운도 안 났다. 나머지도 죽이게 생겼으니 대책이 서질 않았다.

밭에서 내려와 아내에게 말했더니 하루 만에 두 마리가 죽었으니, 나머지 두 마리도 위험하다며 데리고 내려오란다. 박스에서 키워보잔다. 물론 어미 곁에서 자라는 것이 최상이지만 지금 같은 상황에서는 모험을 해야 한다며 아내가 단호하게 말한다. 내 생각에도 몸집을 키워서 보내는 것이 좋을 듯하여 두 놈을 데리고 내려왔다.

병아리가 오자 주현이가 제일 바쁘다. 상자를 가져오고, 그 안에 신문지를 갈기갈기 찢어 넣기 시작했다. 인터넷을 검색하더니 병아리들은 추위에 약하므로 패트병에 따뜻한 물을 넣어주든지 전구를 넣어주라고 되어 있다며, 따뜻한 패트병을 만들어 넣어주었다. 신기하게도 따뜻한 패트병만 새로 넣어주면 그 옆에서 두 놈이 꼭 붙어 잔다.

생후 5일째 되는 날은 병아리 집을 청소해야 한다며 신문지도 갈아주고, 물도 갈아주었다. 주현이는 학교에 가면서도 마음을 놓지 못한다. 손님들이 오면 못 만지게 해야 한다고 신신당부를 한다.

인터넷을 계속 찾아보고 계란을 삶아 노른자를 주고, 가끔 넓은 데서 운동도 시켜주고 똥까지 닦아준다. 내가 물을 갈아주려고 하면 겁을 먹고 도망가는 녀석들이 주현이가 손을 내밀면 다가와서 같이 노는 것이 참 신기하다. 주일에는 성당에 다녀온 주현이가 병아리들이 이제 어미 품으로 돌아갈 적응훈련을 해야 한다며 마당으로 데리고 나간다.

주현이 못지않게 병아리에 빠져 있는 나를 보며 아내는 무슨 생각을 할까 문득 궁금해진다. 귀농 전 아이들이 어렸을 때 내가 아이들에게 이 정도로 관심을 가졌다면 아내는 상이라도 주었을 것이다. 지금도 아내는, 내가 애들 기저귀 갈아준 걸 세자면 다섯 손가락도 남는다며 심심할 때마다 옛날이야기를 꺼낸다. 그게 사실이니 객쩍은 나는 할 말이 없다.

물론 젊은 나이에 소장이라는 직함을 달고서 목숨 걸고 직장생활 한 것에 후회는 없지만 아이들에게 시간을 많이 쏟지 못한 부분은 아무래도 미안하다. 달콤한 아빠가 되어주지 못했는데도 바가지 긁지 않고 참아준 아내가 요즘 들어 새삼 고맙다. 귀농을 하지 않았더라면 이런 반성조차 못했을 것이다.

암만 그래도 기저귀 다섯 손가락 얘기는 이제 그만 했으면 좋겠다. 다섯 손가락이라는 말 뒤에는 꼭 이 대사도 따라붙는다. 똥 기저귀도 아니고 꼭 오줌 기저귀였다고 말이다.

고개 숙인 꽃 앞에서

산골 집으로 올라오는 미니 언덕에 꽃을 심었다. 예전 같았으면 거기까지가 관심의 끝이었을 것이다. 심는 데까지 열과 성을 다했으니, 그 다음부터는 나도 내 맡은 소임인 밭일로 돌아가야 했다. 그렇게 바삐 지내다 어느 날 보면 꽃모종이 풀에 녹아 흔적도 없이 사라져버리곤 했다.

하지만 이제 세월이 흘러 산중생활두 익숙해지고 마음도 어느 정도 잔뿌리를 내리게 되었으니 올해는 꽃에 관심을 좀더 나누어주자고 이른 봄부터 다짐했다. 쉽게 말해 이제부터는 '영혼 농사'도 잘 지어보자는 차원이었다.

집으로 올라오는 작은 비탈길 왼쪽에는 코스모스를 얻어다 심었다. 오른쪽에는 봉선화와 벌개미취를 심었다. 어린 싹이 나오면 작은 눈을 최대한 크게 뜨고 풀을 뽑아주면서 철저하게 꽃들의 구역을 보호해주었다. 음식물쓰레기를 나무 밑에 묻으러 다녀오다가도 감시를 게을리 하지 않았고, 효소실에 들락거릴 때마다 주저앉아 맨손으로 풀을 뽑아주었다.

그랬더니 어느새 튼튼하고 의젓하고 멋진 꽃을 피웠다. 내 마음 씀을 알고 보답을 해주니, 어떤 때는 사람들보다 나은 듯하다. 길 양쪽에 꽃이 피니 그 느낌이 아주 새롭고 흥분되기까지 했다. 뭐랄까, 그곳을 걸어 오르다 보면 의장대를 사열하는 것처럼 괜히 가슴이 일렁거리곤 했다.

그러다 얼마 전에 비가 내렸다. 내 마음씀에 답이라도 하듯 화사하게 피었던 봉선화 꽃잎이 고개를 숙이고 내려와 땅바닥에 앉아 있다. 특히 제 발 아래 꽃잎을 수북이 떨군 꽃에 눈이 자꾸만 갔다.

한때는 누구도 넘볼 수 없는 젊음과 화사함과 향기를 지녔던 꽃. 그렇게 쌓인 꽃잎 위로 다시 비가 내렸다. 굵은 비는 이미 사기를 잃은 꽃 위에 집중적으로 공격을 퍼붓는다. 힘없는 꽃잎이 땅에 바짝 엎드려 있다.

이제 해가 날 것이다. 그러면 꽃은 제 몸을 말렸다, 이슬에 적셨다, 몇 번 하고 나서 흔적도 없이 사라질 것이다.

사람의 한 생애도 이에 견줄 수 있겠다 생각하니 그 앞에 쭈그리고 있는 내 마음 또한 하염없이 흐른다.

초보농사꾼, 사고 치다

　　산골에 일이 밀리기 시작했다. 답운재, 새점, 우리가 사는 새 밭 농장 합해서 세 군데에 퇴비 뿌리랴, 밭 정리하랴 정신이 하나도 없다. 그런 와중에 또 사고를 쳤다.

　　작년부터 우리 집에 포크레인을 가져와서 집을 지어주시던 김승하 님의 포크레인 한쪽 바퀴가 고장이 나서 늘 불안하던 터였다. 봄도 되고 본격적으로 장비를 사용해야 하기에 날 잡고 바퀴 트랙을 빼서 수리를 할 요량으로 영주로 싣고 갔다.

　　정비소 사장과 이런저런 얘기를 나누는데 한쪽 구석에 놓여 있는 구식 포크레인이 눈에 들어왔다. 저것도 수리 들어온 거냐고 물으니 고객이 판매하겠다고 내놓은 매물이란다. 내 눈에는 왜 이런 것들만 잘 들어오는지 모르겠다.

사실 우리 집 앞에는 몇 년 전에 우발적으로 산 포크레인 한 대가 서 있다. 한 시간도 사용 못하고 고장이 나서 그때부터 몇 년간 집 앞에 서 있는 것을 본다는 게 보통 인내심이 필요한 일이 아니었다. 그 포크레인 때문에 울화통이 치밀 때가 한두 번이 아니라는 내 말을 듣고 사장님이 한 가지 제안을 했다. 요즘 고철 값이 올랐으니, 자기가 그 포크레인을 넘겨받아 필요한 부품은 빼서 사용하고 나머지는 고철로 팔 테니 정비소에 있는 포크레인을 웃돈 얹어주고 가져가란다.

나는 귀가 솔깃해져서 덜컥 그러마 하고 계약금조로 지갑에 있는 돈을 털어주고 왔다. 사장님은 필요한 부분을 정비해서 일주일 후에 운반을 해주겠단다. 정비를 잘해달라고 부탁하고 집에 오는데 산골아낙의 잔소리가 겁이 나서 운전이 잘 되지 않는다.

일단은 일주일이라는 시간이 있으니 차분차분히 설득할 요량으로 서서히 분위기를 잡아나갔다. 지난 겨울 눈이 많이 와서 고립됐을 때 김승하 님의 포크레인이 정말 큰 힘이 되었던 일이며, 그분의 포크레인이 6개월 이상 우리 집에 와 있으니 본인은 정작 자기 집에서 꼭 필요할 때도 쓸 수 없어 정말 미안한 일 아니냐고 이야기를 죽 풀어놓았다.

하지만 아니나 다를까, 아내는 지금껏 잘만 지냈는데 왜 또 사고를 치냐며 단칼에 말을 자른다. 나는 내 나름대로 조곤조곤 설명을 시작했다. 당신이 저기 서 있는 포크레인을 속여서 판 사장에게 얼마나 실망했는지는 잘 안다. 나도 속은 것이 야속하고 저것이 늘 집 앞에 버티고 있으니 소화도 잘 안 되는 것 같고, 아무튼 여간 속상한 것이 아니라고.

아내는 조금씩 공감을 하는 듯했다. 마침 포크레인이 도착하는 날은 아내가 출타 중이라 홀가분하게 포크레인을 내리고 잔금을 지불했다. 기쁜 마음에 이것저것 조작을 해보는데 산골아낙이 나타났다. 차에서 내리면서 나를 보는 눈빛이 '저 인간 또 사고 쳤군…' 하는 것 같았다.

한 시간 정도 잔소리를 들으리라 예상했으나 의외로 말이 없다. 아마도 잔소리를 해봤자 자기 입만 아프리라는 걸 예상했나 보다. 이럴 때는 나도 아무 말 안 하고 그냥 열심히 포크레인으로 일하는 척하는 것이 수다.

사고를 많이 치다 보면 거의 심리학자 수준이 된다. 그래야 살아남을 수 있고 계속 사고를 칠 수가 있다. ■

포크레인보다 더 큰 마음을

우리 집 앞에는 움직이지도 않는, 애물단지 고물 포크레인 한 대가 있었다. 몇 년 전, 초보농사꾼이 그것을 산다고 했을 때는 많이 말렸다. 중고를 산다는데 아무리 생각해도 포크레인 값보다 고치는 값이 더 들 것 같았다. 게다가 기계울렁증이 있는 사람이 얼마나 사용할까 싶어 뜯어말렸다.

하지만 고집 센 초보농사꾼은 용감하게도 포크레인을 선뜻 사들였다. 그 '용감함'은 귀농 하나로 충분하건만 제철회사의 용광로처럼 식지도 않는가 보다.

그렇게 산 포크레인은 하루 만에 고장이 나서, 산골을 지켜주는 장승처럼 그 자리에 몇 년을 서 있었다. 그런데 비극은 그것으로 끝이 아니었다.

얼마 후 효소실 마무리 공사를 새로 알게 된 분에게 맡겼는데 그 사람이 자기 친구를 부르더니, 포크레인을 뜯고 난리가 났다. 뭐를 교체해야 하고 뭐를 보충해야 한다며 수선을 떠는데, 초보농사꾼에게 당신이 시킨 일이냐고 물으니 아니란다. 공사 온 분에게 포크레인이 시원찮다고 했더니 이런 일이 생겼단다.

나는 도시에서 살아 뭣도 모르지만 이런 것을 고칠 때 이런 식으로 일 시키는 게 아니라고 말을 꺼냈다. 그 사람이 기술자라면 어디가 고장 난 것인지 견적을 받아 보고 판단이 서면 그것만 교체하고 고쳐야지, 어디가 어떻게 고장난지도 모른 채 무턱대고 생판 말한 마디 안 해본 사람이 와서 이러는 것은 경우가 아니라며 초보농사꾼의 용감함을 말렸다.

그러나 초보농사꾼, 사람은 믿어야 한단다. 결국 며칠을 소풍 오듯 와서 포크레인을 갖고 놀던 분이 요구한 돈은 기가 막혔다. 돈도 돈이지만, 그분이 손대고 나서는 아예 시동도 안 걸린다는 게 더 문제였다. 그나마 시동은 걸려 밭에 있던 것을 아래 공터로 옮겨 시동을 걸어보곤 했는데 이젠 그마저도 불가능했다.

그분 말이 더 재밌다. 자기는 시동과는 상관없는 것을 교체했기 때문에 시동은 자기 책임이 아니란다. 그럼 시동도 안 걸리는 걸 왜 며칠씩 출근하여 부품을 죄다 교체했는지, 한 마디 상의도 없이….

포크레인 고친 분이 다시 찾아왔기에 나는 밭에서 일하다 말고 호미 던지고 내려와 그동안 참고 있던 걸 따지기 시작했다. 그렇게 하지 않으면 귀농한 사람은 다 물로 보고 함부로 속여도 되는 부류로 생각할까 싶어 이래선 안 되겠다 싶었다. 일을 했으니 작업비용은 계산해주지만 그냥 돈만 건네기엔 너무 억울해서 뼈 있는 말 몇 마디를 함께 건넸다. 다음부터 다시는 도시에 살다 귀농한 사람에게 이러지 말라고. 도시에서 귀농한 사람들이 기술이나 일머리는 없어도, 상대방이 나를 배려하는지 속이는지 알아채는 눈치 단수는 높다고.

천덕꾸러기 포크레인의 사연은 더 이어진다. 그렇게 부품을 죄다 교체하고도 여전히 미동도 하지 않는 포크레인. 얼마 후 포크레인을 우리에게 판 사장에게 우리 부부가 찾아가서 이 물건을 어떻게 했으면 좋겠냐고 했더니, 그 포크레인을 우리가 산 금액의 반도 안 되는 값으로 인수할 테니 그보다 훨씬 비싼 포크레인을 또 사란다. 그쯤은 줘야 굴러간단다. 그럼 처음부터 굴러가지도 않을 포크레인을 팔았단 말인지…. 이런 경우가 어디 있느냐고 할 기운도 없어 그냥 차 잘 마셨다고 인사를 하고 나왔다.

영주까지 찾아갔다가 산골로 돌아오는 길.

'사람이 다 이렇구나…'.

내내 말이 없던 초보농사꾼이 집에 와 입을 열었다. 그 사장이 하자는 대로 저 포크레인 주고 좀더 나은 것으로 사자고 하는데,

내가 저 포크레인으로 엿을 사 먹는 한이 있어도 그런 일 없을 거라고 못을 박았다.

그 포크레인이 그때부터 그 자리에 그렇게 서 있었다. 세월이 뭔지, 시간이 흐를수록 나도 화가 무디어지고 철로 무장한 포크레인도 늙어가고 있었다.

그러다가 최근 초보농사꾼이 또 다시 포크레인 얘기를 꺼냈다. 좋은 게 나왔는데 그 사람은 정말 믿을 수 있단다. 믿을 수 없는 사람은 뭐 얼굴에 빨간 색연필로 동그라미라도 쳐놓았나. 속으로는 불쑥 울화가 치밀었지만, 며칠을 두고 조심스레 이야기하는 남편을 보니 포크레인에 대한 판단은 내 몫이 아님을 알았다.

초보농사꾼도 나보다 더 그 포크레인 때문에 속을 썩었고 사람에게 배신감을 느꼈을 것이다. 이번에도 나보다 더 신중에 신중을 기해 판단을 내린 것이리라. 게다가 테니스엘보까지 걸려 농사짓는 일이 점점 힘들 텐데 안쓰러운 마음도 들었다.

"사지 말란다고 안 살 사람은 아니니까, 당신이 알아서 하는 거지 뭐" 하는 말을 흘리고는 신경을 껐다. 나중에 들은 이야기지만, 내가 그렇게 순순히 나올 줄 몰랐는데 그리 나오니 더 망설이게 되었다고 한다. 그의 말이, 수화기를 들었다가 놓고, 다시 밭에 갔다가 수화기를 들었다가 놓기를 며칠 하다가 결국 결단을 내렸다고 한다.

그렇게 해서 새로 알게 된 사장님이 헌 포크레인은 고철 값으로 가져가고, 새로운 중고 포크레인이 산골식구가 되었다. 그런 사연을 안고 오두막에 도착한 포크레인에 눈을 치켜뜰 이유는 없었다. 다만 이번엔 초보농사꾼이 사람으로 인해 또 상처받지 않기만을 진심으로 바랄 뿐이다.

그런데 요즘 다시 초보농사꾼이 안절부절못한다. 포크레인이 좀 시원치 않단다. 사용해보는 사람마다 고개를 갸우뚱거린다. 나에게 말은 안 해도 초보농사꾼이 또 가슴앓이를 하고 있는 건 아닌지.

그에게 말해주고 싶다.

"선우 아빠, 우리 크게 생각지 말자. 사람까지 연관해서 살지 말자. 그냥 그 현상만 보자. 어찌해볼 도리가 없을 땐 쉽게 포기하는 것도 가장 현명한 방법이라는 걸 귀농해서 배웠잖아. 그럴 땐 하늘 한번 보고 허허 웃자. 다음에 포크레인 살 때는 새거였으면 좋겠다. 그치?"

얼굴도 못 알아보고

자투리 시간에 일을 할 때면 눈이 더 말똥말똥해지고 정신이 맑아지는 이유는 뭘까. 내가 꽃밭을 알짱거리며 풀 단속을 하는 것은 거의 자투리 시간이다. 먹거리를 발송하기 위해 저 아래 터에 위치한 가공실을 오가며 눈에 들어오는 대로 뽑아주고, 달밭으로 일하러 가면서 작은 연못 주위의 풀들을 솎아내고, 길바닥에 뿌리 내린 놈은 제 집 찾아 옮겨주곤 한다. 이렇게 자투리 시간에 일을 할 때는 맨손으로 대든다.

그리고 오늘, 초보농사꾼과 "보람찬 하루 일을 끝마치고서~" 노래를 흥얼거리며 어둠을 등에 업고 집으로 올라오는 길 양쪽을 보니 꽃나무보다도 쑥들이 말 그대로 쑥대밭을 이루고 있었다. 우리는 순식간에 그 자리에 앉아 어깨죽지가 빠지도록 그 쑥대밭을 평

맨손으로 쑥대밭을 평정, 꽃밭을 지켜내다

정했다. 자투리 시간의 위력은 대단했다.

　　그리고 여세를 몰아 거북바위 주위의 풀도 잽싸게 뽑고 있는데,

조금 낯설어 보이는 싹이 어둠 속에서도 군데군데 눈에 들어온다.

쓸모없는 풀로 분리한 다음 가차 없이 뽑아 재꼈다. 외등 아래서

잽싸게 일을 마친 후 손을 털고서, 다시 보무도 당당하게 집 계단

을 올라서는 순간 '아, 해바라기 싹!' 하는 생각이 스쳤다.

그러니까 작년에 해바라기 모종을 선물받았다. 가을에 안방에서 보면 최고로 멋질 위치에 모종을 촘촘히 박았다. 나의 계산이 맞아떨어져 가을에 안방에서 보는 노란 해바라기는 하루를 시작하는 산골아낙 가슴에 노란 문자로 인사하는 것 같았다.

유난히 가을을 타는 나에게 해바라기는 있어도 그만, 없어도 그만인 꽃이 아니었다. 어느 꽃인들 사명이 없을까마는 그 오랜 시간, 해를 향해 얼굴을 바짝 들고 서 있는 해바라기는 큰 위로가 되었다. 그래서 다짐했다. 내년에는 모종을 더 많이 번식시켜 안방에서도 보고, 거실에서도 보고, 다락방 창가에서도 보이도록 해바라기로 온통 도배를 해야겠다고.

내 마음을 알았는지, 그 황홀한 노란 꽃은 초겨울까지 버텨주었다. 그렇게까지 마음을 줘놓고, 언제 씨를 뿌렸냐는 듯이 해바라기 싹을 뽑아 재꼈으니…. 추운 겨울을 언 땅에서 견디고 겨우 몸을 녹여 싹을 틔운 해바라기에게 미안할 뿐이다.

땅바닥에 내동댕이쳐진 놈들이야 어쩔 수 없으니, 내일은 눈 뜨자마자 여기저기 씨 내린 것들을 모아서 도시계획, 아니 꽃밭계획을 해야겠다. 산닭

후회되는 일

농사 몇 번 지으면 몇 년 훌쩍 지나가는 것은 눈 깜짝할 새다. 한 번에 일 년이나 걸리는 농사. 몇 계절을 농사와 함께 나다 보니 농사만큼 인생에 많은 깨달음을 주는 것도 없다는 걸 저절로 깨닫고 있는 중이다. 때로는 절제를 가르쳐주고, 때로는 교만을 경계하도록 해주고, 자연에 대들었다가는 큰코다친다는 위대한 사상도 일깨워주고, 제 잘난 멋에 살 수 없다는 것도 일깨워주니 말이다.

계산적인 도시 샐러리맨이던 나에게 인풋이 얼마이니 아웃풋이 얼마일 거라는 섣부른 계산 따위를 해서도 안 된다는 것을 가르쳐준 것도 농사다. 아무래도 농사의 반은 하늘이 담당하고 있기 때문일 것이다. 내가 여기에 얼만큼 투자했으니 이만큼 수확할거야, 라고 생각했다가는 손에 쥐는 것은 씁쓸함 뿐일 것이다.

:::::

올해, 나는 여덟 번째 농사를 짓는다. 한번 임할 때마다 의욕에 분기탱천하기보다 겸손해지고 두려워지고 낮아진다.

요즘은 퇴비 나르는 일로 달밭과 호수밭을 수시로 오르내리고 있다. 그 달밭과 호수밭 중간에 집이 한 채 있다. 그러니까 우리 소유로 되어 있는 6천 평 골 안에 집이 두 채 있는데, 이전 집주인이 사과 농사를 지을 때 한 가족을 더 들여 같이 농사를 지었다고 했다.

귀농해 보니 그 집이 훨씬 나중에 지어졌는데도 한참 더 낡아 보였다. 그런 까닭에 먼저 집주인이 그 집은 땅값에 거론도 하지 않았나 하는 짐작만 했다.

그 집은 전형적인 옛날 시골집의 구조를 잘 갖추고 있었다. 정면에서 보아 왼쪽에는 부엌문이 보이는데, 이 문을 열고 몇 계단 내려간 곳에 재래식 부엌이 자리를 잡고 있다. 오른쪽으로는 두 아궁이에 가마솥이 걸려 있어 방 두 칸의 난방을 책임지고 있다. 부엌 정면에는 오래된 찬장이 그대로 있고 부엌 오른편은 여느 시골 부엌이 그렇듯이 장작 등 땔감을 쌓아놓는 곳으로 쓰였다.

시골 향기를 좋아하는 산골아낙은 옛날 집의 모습을 그대로 간직하고 있는 이 집을 마음에 들어 했다. 특히 집 앞에 바람을 막기 위해 쌓아놓은 돌담이 아내의 마음을 사로잡는 데 큰 몫을 했다.

사실 우리가 둥지로 썼던 오두막은 전 주인 할아버지가 어설프게나마 입식으로 손을 봐놓았기 때문에 흙집이어도 현대식 모양새

를 갖추고 있었다. 아내는 귀농하자마자 그 옛날식 집을 고쳐달라고 했다. 하지만 낯선 곳에 마음 내리고 정착하느라 나는 귓등으로 들었다.

그러다 요즘 퇴비 나르러 오르락내리락하다 보니, 그 집이 사람 냄새를 못 맡아서 그런지 이미 집 구실을 못할 정도로 주저앉고 있었다. 아내도 밭을 오가며 보았을 테지만 내게 부아를 터뜨린 적은 없다. 아마 내가 가장으로서 이곳 정착에 힘을 쏟느라 그럴 겨를이 없었음을 이해하는 눈치다.

아내가 더 무너지지 않게만 대충 고쳐달라고도 했었는데…. 쳐다볼수록 아쉬움만 남는다. 그곳은 전형적인 시골집으로 전기도 안 들일 거라며 상상만으로도 아내는 행복해했다. 그때 그 말을 들어주었더라면 하는 후회가 자꾸 커진다. 귀농하고 고생한 아내에게 해준 것도 없는데 그것 하나 못 들어주었나 싶어 나를 자책하고 있다.

앞으로 작은 꿈이 있다면 그곳에 흙방 하나를 짓는 것이다. 전기도 들이지 않고 아궁이에 불을 지펴 구들을 데우는, 그런 소박하고 따뜻한 공간을 아내에게 만들어주고 싶다. 🟩

나는 지금 어디에 살고 있습니까?

달력을 한 장 찢었습니다.

'7'이라는 숫자가 어찌나 '씨게' 달려드는지 놀라 뒤로 자빠질 뻔했습니다.

벌써 한 해의 반을 살았습니다. 살았는지, 그저 흘려보냈는지는 나만이 아는 일이겠지요. 오늘 같은 날, 뒤로 남아있는 반년을 생각하며 이를 꾹 깨물고 양손에 힘을 불끈 줘보지만 해마다 연말의 결과물은 그다지 신통치 않았습니다.

7월.

인디언들은 이 달을 사슴이 뿔을 가는 달이라고 했고, 나뭇가지가 열매 때문에 부러지는 달이라고도 했다지요. 그러나 내게 있어

7월은 중간점검의 달로, 오늘도 다시 한 번 아랫배에 힘주고, 긴 한숨 내뱉고 용기를 채우는 날들입니다.

하루하루가 딱딱한 껍질 속 칸칸마다 꼭 들어찬 호두 같기를 장독대 위에 물 한 사발 떠놓고 달밤에 빌고 싶은 심정입니다. 내 마음을 알았는지 백합이 입을 힘껏 다물고 내가 어떤 자세여야 하는지 시범을 보이고 있습니다.

귀농 전, 도시에서의 출근길은 전투복장을 하고 나서야 한다고 생각했습니다. 그렇지 않으면 깨지고, 피 흘리고, 곪는다는 생각에 검도선수처럼 머리엔 호구를 쓰고 철갑 옷을 입고 속에 철근이 박힌 안전화를 신었습니다. 방탄조끼보다 더 센 조끼를 입어야 어떤 화살에도 상처받지 않는다는 생각에 온몸에 철갑을 두르듯 했습니다. 그래도 돌아올 때는 패잔병의 모습입니다.

그러나 자연으로 출근하는 귀농 후의 아침 모습은 다릅니다.

다 닳아빠진 바지에, 강한 햇살에 등이 바래질대로 바래진 윗도리, 비닐 장화를 신고 나가면 그만입니다. 그래도 돌아올 때는 콧노래 부르며 시큼한 땀 냄새에 더없는 뿌듯함을 꼭 끌어안고 둥지로 향합니다. 오늘 밭에서 퇴근하며 생각해 보니 그게 도시와 다르네요.

:::

엊그제, 효소실에 들어가다 세척실 큰 함지박의 물에 빠져있는 새를 보았습니다. 왜 이곳에 목숨을 놓았을까…?

창문은 모두 닫혀 있습니다. 늘 조금씩 열어두었다가 얼마 전에는 며칠 비가 오기에 창문을 닫았더니, 그 전에 들어온 새가 나가지 못하고 죽은 것입니다. 내 탓인 것만 같아 그 불쌍한 영혼을 건져내어 집 앞 꽃밭에 묻어주었습니다. 그렇게 생명을 묻고 돌아서는 발걸음이 가볍지만은 않습니다.

사람이란 동물은 단순하지 못하여 그 현상만 보면 될 일을 꼴난 머리로 꼭 '연상'을 합니다. 연로하신 양가 부모가 살아계신 나로서는 남 일 같지 않은 게 가슴 한구석이 석연치가 않습니다.

그리고 오늘입니다. 세척실 옆 수석실에 물걸레 청소를 하는데, 수석이 진열된 높은 선반 구석에 새집이 하나 있는 걸 발견했습니다.

'이곳에 새집이 있다니….'

아무래도 엊그제 죽은 새와 연관이 있을 거라는 생각이 자꾸 듭니다. 일단 어린 새가 있을지 모른다는 생각에 의자를 놓고 올라갔습니다. 그 손바닥만한 세상의 광경을 보고 그만 깜짝 놀랐습니다.

그 안에는 이제 막 부화한 신생아, 아니 신생조 세 마리와 미처 부화되지 못한 새알이 하나 싸늘하게 놓여 있었습니다.

'그래, 엊그제 물 위에 뜬 새가 어미새였구나.'

늘 조금 열어두었던 곳으로 들락거리며 살림을 차리고 자식까지 낳았는데 비가 계속 온다고 미련한 인간이 문을 닫는 바람에 그런 변을 당하고, 졸지에 이 어린 새들까지 죽음으로 내몰았습니다. 이번에는 새집째 꽃밭에 묻어주었습니다. 마저 살다 가지 못한 서러움이 꽃으로 환생하라고….

졸지에 바빠진 꽃삽의 흙을 털며 생각해봅니다.

우리네 세상살이도 그렇습니다. 언제 어떤 일이 닥칠지 모르지요. 그렇기에 천년만년 살 것처럼 미리 걱정하고, 한숨만 지을 것이 아니라고 생각합니다. 언젠가 책에서 읽은 내용이 떠오릅니다.

어떤 사람이 달마에게 물었습니다.

"천국과 지옥에 대해 어떻게 생각하고 계십니까?"

달마가 대답합니다.

"나는 아무것도 말할 수가 없다.

그것은 전적으로 그대 자신에게 달려 있기 때문이다."

어떻게 친국과 지옥이 나처럼 가없은 한 사람에게

달려 있을 수 있단 말인가?

어리둥절해 하는 사람에게 달마가 계속 말했습니다.

"천국이나 지옥은 존재하지 않는다. 깨어 있는 사람의 자리가

천국이고 깨어 있지 못한 사람의 자리가 지옥이다."

맞습니다.

그저 순간순간 최선을 다하고 지금 가진 것에 행복해 하면 그곳
이 바로 천국이지요.

來

우리 앞의 모든 것에
가슴이 뛰다

오밤중의 눈놀이

산골에 작디작은 개울이 하나 있다. 지금은 눈이불을 두껍게 덮고 있어 우리 산골가족 말고는 누구도 알아보지 못한다. 그러나 봄이 들이닥치기 직전이면 산골에서 제일 먼저 하얀 눈이불을 개고 보란 듯이 맑은 알몸으로 나앉는다. 그것도 성이 안 차는지 쉬지 않고 옹알이를 해댄다.

아지랑이 피어나는 봄이 되면 옹알이 소리는 더욱 야물어지고 슬슬 콧노래를 부를 것이다. 오늘은 그 콧노래 소리가 유난히 그리운, 눈 내린 밤이다.

::::

올겨울은 눈이 귀한 해였다. 전라도 지역이 눈 피해 소식으로 연일 뉴스를 장식할 때, 산골은 멀쩡했다. 뉴스에서 말하는 정도의 폭설은 매년 이어졌기 때문에 올해도 당연한 일로 알고 단단히 마음의 준비를 했는데, 올해는 눈다운 눈 한번 오지 않았다.

그러다 눈이 왔다. 눈이 오니 좋아 나자빠지는 산골아이들이 있는가 하면, 내일 야콘의 택배 발송 때문에 발을 구르는 산골부부가 있다.

선우가 읍에 갔다가 저녁에 오더니 옷도 안 갈아입고 "주현아, 출동이다!" 한다.

"알았어."

이게 무슨 암호랴.

"근데 엄마, 작년에 타던 철판 어디 있어요?"

그 우그러진 철판 쪼가리가 지금껏 남아있을 리 없다. 진즉에 분리수거했다고 하니 선우는 하는 수 없다는 듯 겨우내 먼지 쌓인 눈썰매를 등에 지고 달밭으로 향한다. 달도 어디서 눈썰매를 타는지 어둡기 짝이 없는데 목적지가 확실한 두 놈은 성큼성큼 잘도 올라간다.

내일 갈 여행 준비는 하나도 안 해놓고 이 밤에 카메라 들고 쫓아 올라가는 산골아낙 또한 중증이지 싶다. 장화도 안 신고 털신을 신어서 눈이 털신 속 발과 놀아난다.

아이들이 달밭 끝까지 쉬지도 않고 올라가더니 눈썰매를 탄다.

"주현아, 여기는 아니야, 스릴이 없어. 다른 데로 가자."

"그래."

고집 세고 자기주장이 강한 주현이지만 이럴 땐 제 오빠 말을 잘 듣는다. 호기심으로는 제 오빠와 아비를 못 따라가기 때문이다.

어둠 속에서도 물찬 제비인 두 산골아이들. 이번엔 오갈피나무가 심긴 밭의 언덕으로 눈썰매 코스를 잡는다. 몇 년 전 아이들의 성화에 못 이겨 나도 그곳에서 눈썰매를 타다가 오갈피나무를 작살내고 초보농사꾼에게 군소리를 들었다. 그때 이후 난 절대 그 언덕에서는 엉덩이를 눈썰매에 대지 않는다.

어둠을 뚫고 아이들의 깔깔거리는 웃음소리가 옷 속으로 따뜻하게 스민다.

애들이 또 이동하는 것을 보고 이젠 집으로 들어가려나 보다 하고 꽁꽁 언 발을 꼼지락거리며 앞질러 오두막으로 들어왔다. 발을 말리고 젖은 옷을 갈아입어도 애들 소리가 나지 않는다.

"아하, 이놈들이…."

아니나 다를까. 다시 나가보니 저 아래 마당 외등 밑에서 눈싸움이 벌어졌다. 눈덩이를 뭉쳐 던지는 놈, 그 눈에 터지는 놈, 모두 제정신이 아니다. 어디서 본 것은 있어 가지고 눈썰매를 방패 삼아 잘도 피한다. 엉덩이가 다 젖었는데도 시간 가는 줄 모르고 쓰러졌다 일어났다를 반복한다.

철없는 두 놈을 거느리고 집으로 들어오니 더 철없는 초보농사꾼이 그제야 나오며 눈싸움하자고 바람을 잡는다. 이러다 밤새지 싶어, 아이들에게 내일 여행 안 갈 거면 계속하라는 엄포를 놓았더니 그 한마디가 쥐약이었는지 지들 눈썰매 장비를 잘 모셔다놓고 마무리를 짓는다.

내일은 며칠 여행을 떠나는 날이라 계절이 여름인 그곳 날씨에 맞추어 밤새 여름옷도 준비해야 하는데, 박씨들 누구도 거기에는 관심 없고 오로지 코앞에 펼쳐진 눈놀이에만 쌍심지를 켜니 산골 아낙 머리가 다 셀 지경이다.

눈싸움으로 젖은 옷들을 다 벗으니 좁은 오두막에 한가득이다. 아랫목에 모두 펴놓으니, 아이들 옷이 제법 크다. 양말마저도 내 것보다 작은 것은 이제 없다. 옷 크기만큼 아이들의 마음도 커졌으면 하고 바라는 밤이다. 🟧

회 한 접시 못 뜯들

새벽에 절의 목탁소리와 교회의 종소리를 같이 들어본 일이 있는가. 귀농 덕분에 나는 그런 경험을 가끔 하곤 한다.

새벽 찬 공기를 깨우는 목탁소리. 사방이 어둠 속에 짓눌릴 때, 그 짓누름만으로는 성이 안 차는지 새벽공기까지 가세를 하는 시간. 누가 그 자연의 무거움을 들어 올리겠는가. 삶에 찌든 중생을 깨우는 목탁소리에 자연의 짓눌림 정도야 식은 죽 먹기가 아닐까. 그래서인지 내 마음에 와닿는 목탁소리는 파스텔 톤이다. 무거움을 가벼움으로 깨우는 것이 자연의 섭리인 모양이다. 거기에 교회의 종소리까지 가세를 하면 나무 치는 소리와 쇠 치는 소리가 어우러진다. 서로 다른 재질이요, 다른 소리지만 잘도 화합한다. 재질이 같은 사람들은 왜 그처럼 화합을 못하는지 알 수 없는 일이다.

일전에 일이 있어 혼자 서울에 다녀오는 길, 산골의 작은 간이역에서 그 기막힌 화음을 들을 수 있었다. 하루 자고 가라는 핏줄들의 따뜻한 목소리를 뒤로 하고 돌아오는 내게, 힘내라는 선물 같았다. 새벽에 도착하여 부활미사를 보러 성당엘 가야 한다. 추운 새벽, 시골 간이역에 세워둔 차에 시동을 걸고 앉아 있으려니 온몸에 소름이 돋는다. 갑자기 추위가 몰려온다. 분천역에 내린 시간은 아직 채 어둠이 가시지 않은 새벽 4시 27분. 집으로 돌아오는 길 역시 내내 어둠에 쌓여 있다. 온몸에 덕지덕지 피곤을 묻혀 왔지만, 내가 잠시라도 집을 비우면 어김없이 '이사 가는 집' 처럼 쑥대밭이 되어버린 오두막을 대충 치우니 날이 밝는다.

집에 와서 눈도 못 붙이고 식구들과 함께 부활절 미사를 보러 불영계곡을 돌아돌아서 간다. 나는 아직도 부활을 꿈꾸고 있는 걸까? 그렇다. 그러면서도 하루하루 자신의 오만과 교만, 거드름에서 부활하지 못하고 그저 미사를 보러 발걸음을 옮긴다. 이내 발걸음이 무겁다.

여독도 풀리지 않은 상태로 미사를 보고 파김치가 되어 집에 돌아왔는데 전화가 왔다. 이웃 동네의 아는 동생이 낚시를 가자고 하는 모양이다. 낚시를 좋아하는 그 동생에게 초보농사꾼이, 다음에 낚시를 갈 때는 우리를 꼭 데리고 가달라고 부탁을 해놓은 터였단다. 나는 서울 다녀오느라 피곤해서 빠지고, 나머지 가족들은 따라

나서기로 했다. 몸살기까지 있는 나를 본 초보농사꾼이 불을 지핀다. 서서히 방바닥이 따뜻해져 오고, 이내 내 마음도 따뜻해진다.

사실 초보농사꾼은 낚시 체질이 아니다. 낚싯대를 우아하게 드리워놓고 차분히 앉아 기다리는 것은 적성에 안 맞는다. 너 죽고나 살기로 암벽 타고 빙벽 타는 일이라면 모를까….

그런 남편이 팔자에도 없는 낚시를 간 것은 순전히 아이들 때문이다. 나는 따뜻한 아랫목에서, 이 사람들이 자기들 머리 숫자만큼이라도 고기를 잡아 가장의 체면에 금이 가는 일이 없기를 기도할 뿐이다.

그·러·나. 박씨 일가는 고기를 한 마리도 못 잡았다. 그나마 선우는 무지 진지하게 낚시를 하더라는 후문을 들었을 뿐이다. 그의 진지함을 물고기가 알아줬으면 좋으련만, 어디 세상일이 내 맘처럼 되던가. 그 와중에도 초보농사꾼의 머리에는 사진이라도 빵빵하게 찍어야 뒤탈이 없을 거라는 생각이 떠오른 모양이다. 이웃 아저씨가 잡은 황어를 빌려 폼 잡고 사진을 찍은 것이 그날 낚시의 전부였다. 빌린 고기를 들고 유난스레 폼을 잡아보지만, 선우의 표정까지는 어쩌지 못한 모양이다. 주현이는 낚시를 한다고 조금 알짱거리다 한 마리도 못 잡자 이내 차 안에서 책을 보았단다. 결과를 미리 내다보고 헛고생을 안 한 셈이다. 주현이의 혜안(?)이 돋보이는 대목이다.

누워 있는데 박씨들이 들이닥친다. 몇 마리 잡았느냐고 물으니 밖에 나가보면 알 것 아니냐며 불퉁스럽게 대답한다.

"이야, 한 자루 가득이네. 선우랑 주현이랑 몇 마리씩 잡았어?"

괜히 호들갑을 떨며 물어보지만, 한 자루나 되는 고기의 출처는 불 보듯 훤한 일이다.

다들 옷을 갈아입더니 이제부터는 회를 떠야 한단다. 다시 얼굴색이 환해지는 세 박씨들. 이쯤 되면 나는 아무리 피곤해도 무조건 자리 걷고 일어나야 한다. 그대로 놔뒀다가는, 있는 그릇 없는 그릇 다 꺼내놓고 마루를 온통 비린내 나는 물바다로 만들어놓을 것이다.

다같이 회를 뜨겠다고 달려들어보지만, 문제는 아무도 기술이 없다는 것이다. 왼손잡이 초보농사꾼의 자세가 주현이보다 더 엉성하다. 선우까지 합류해 힘을 보태지만, 절대로 쉬운 일이 아니다. 겉의 비늘은 어찌 떼어냈지만

물고기 한 마리에 달려든 박씨 일가

손을 댈수록 상황은 악화되기만 한다. 결국 초보농사꾼이 이웃 동생에게 전화를 걸어 한참 설명을 듣고 다시 시도해보지만, 별 차도가 없다.

성격 급한 초보농사꾼이 뜨다 만 생선을 싸 들고 차에 시동을 걸었다. 그 동생네까지 다녀오려면 왕복 40분 거리인데 매연만 서비스로 뿜어놓고 집을 나섰다.

아이들은 도저히 못 기다리겠다며 아까 대충 떠놓은 회를 먹는다. 배가 엄청 고팠는데 회를 맛있게 먹으려고 아무것도 안 먹고 왔단다. 초보농사꾼은 한참 만에 회를 멋지게 떠서(물론 그 동생이 뜬 것이지만) 나타났지만 아이들은 이미 지칠 대로 지쳐 쓰러진 상태였다.

그날 저녁, 잠에 곯아떨어진 애들을 옆에 두고 초보농사꾼만 회와 소주를 축냈다는 전설이 울진군 쌍전리에 전해 내려온다.

그래도 이렇게 아이들과 하나가 되어 노는 초보농사꾼을 보면 신기하기까지 하다. 귀농 전에는 바빠서 늦게 들어오는 날이 많다 보니 아이들과 아빠가 서로 서먹서먹한 관계였는데 산골로 와서 이렇게 친구가 되어가니, 회 한 접시 매끈하게 못 뜬다 해도 아무 불만이 없다. 약쌀

정이 떠난 자리

산골이 시끌벅적하다. 서울에서 큰형부, 언니 둘, 그리고 조카들이 왔다. 산골아이들이 하루하루 손꼽아 기다렸던 날이다. 언니들은 동생에게 불편 주지 않으려고 고기며 온갖 부식거리, 과일, 양념 등을 차 구석구석에 꿰어 싣고서 왔다.

내려온 날부터 시간 아깝다며 산골 나들이가 시작되었다. 모든 일정은 초보농사꾼이 아이들과 상의하여 정했다. 첫날의 체험은 큰형부께 새점밭을 보여드린다며 새점의 불영계곡 상류로 잡았다. 맑은 물에서 다슬기도 잡고, 낚시도 하고, 수영도 하고…. 도시에서는 꿈도 못 꾸는 자연과의 스킨십에 아이들은 물에서 나올 줄을 모른다.

다음 날은 답운재밭을 소개시켜드릴 겸 밭 안쪽에 있는 '비밀의

계곡'으로 갔다. 땀이 줄줄 흐르는 복날에도 추워서 뛰쳐나오게 되는, 말로만 들어서는 믿지 못할 그런 곳이다. 아니나 다를까. 그곳에 간 지 얼마 지나지 않아 다들 춥다고 떤다. 그 더운 날 불을 지피기 시작했다. 아이들은 재잘거리며 마른 나뭇가지를 모아 오고, 매운 연기에 눈물도 흘린다.

울진의 자랑인 동해 바다 또한 빼놓을 수 없다. 초보농사꾼의 호루라기 소리에 맞춰 다같이 바다로 향했다. 탁 트인 바다에서 파도 타기를 하고, 모래성도 쌓고, 작은 섬으로 헤엄쳐 가기도 하고, 엉덩이 쳐들고 고꾸라져 조개껍질도 줍고…. 아이들이 여물게 시간을 꺼내 쓰는 동안 소나무 그늘 아래서는 세 자매들이 모래알 같은 수다로 성을 쌓고 있었다.

마지막 날엔 마당에서 작은 음악회를 열었다. 우리집처럼 독가촌은 이 늦은 시간에 소리소리 지른다고 뭐라 할 사람도 없고, 참견할 사람도 없으니 여간 좋은 것이 아니다. 아파트에서만 살아본 조카들은 누가 먼저랄 것도 없이 서로 고래고래 소리를 지른다. 아이들의 노랫소리가 숲속 친구들에게는 자장가가 되었을 것이다.

그렇게 6일 동안 산골에서의 휴가를 보내고 모두 떠났다. 산골 아이들이 서운해 한다고 선우, 주현이도 서울로 달고 갔다. 나의 핏줄들이 모두 떠나버린 산골. 기승을 부리던 햇살도 내 마음을 알았는지 시름시름하더니만 거센 비를 뿌린다.

큰형부가 산골 작은 개울가에 처제들 발 담그라고 돌로 나란히 자리를 만든 곳에 사람은 떠나고 돌만 남았다. 그것을 보니 착잡하다. 사람의 흔적은 알량하게 있는 기운도 다 빼앗아가버린다.

동생 힘들다고 언니들이 전부 뒤집고 드러내어 정리를 한 냉장고와 부엌에서 또 언니들의 향기가 난다. 거기까지면 견딜 만하련만 큰언니가 일부러 흘리고 간 화장품들과 여러 물건들…. 모두 반짝반짝 새것인 이 물건들은, 실수로 빠뜨린 것이 아니라 나를 주려고 일부러 서울에서 사 온 것을 그렇게 자연스럽게 두고 간 것이다.

초보농사꾼도 나의 마음을 읽었는지 서둘러 예초기를 싣고 답운재 고추밭으로 가버린다. 이제 혼자 오두막에 남겨졌다. 나를 진정시키기에는 혼자가 가장 좋다. 힘들게 일하고 온 초보농사꾼은 아내의 증상이 심각하다고 판단했는지 아무 말 없이 어설픈 저녁을 차린다.

그래, 오늘만 슬퍼하자. 바삐 나를 추스르고 긍정적인 마음으로 내일을 열어야 한다. 내일 아침 모닝콜 해줄 새들에게 힘찬 목소리로 인사를 하려면 쉰 목을 잘 가다듬고 자야겠다.

마음 운동

아이들이 방학을 해서 온 가족의 리듬이 깨졌다. 우리 부부도 가세해 늦잠을 자고, 밤에는 다같이 둘러앉아 야참까지 먹으며 저녁형 인간임을 과시하고 있다.

오늘은 안 되겠다 싶어 오후가 되어 아이들에게 운동 가자고 바람을 넣기 시작했다. 선우는 절레절레 고개를 젓는다.

"엄마, 난 매일 덕거리를 걸어서 등하교를 했는데, 덕거리로 운동 가자고 하는 건 저를 두 번 죽이는 거예요."

주현이 역시 죽상을 하고 있다. 산골에 깔린 것이 운동장인데 굳이 운동하러 가기가 귀찮은 모양이다. 그것도 잠시, 결국 두 녀석은 모자를 쓰고 목도리를 찾아 두르고 앞장을 선다.

진밭의 이웃이 여행을 가면서 돌봐달라고 한 소도 볼 겸, 그곳까지 다녀오기로 했다. 우리 집 뒷산을 돌아 한참을 가야 하는 험한 길인데, 제일 힘든 곳에서 내가 먼저 발을 쉬었다. 그러자 선우가 다가오더니 내 어깨를 감싸며 이렇게 말한다.

"엄마, 왜 이렇게 작아졌어요. 갑자기 엄마가 왜소해 보여서 슬퍼요."

나는 아이에게 이렇게 말해주었다.

"나이를 먹을수록 사람은 작아지지. 선우는 점점 커지지만 반대로 엄만 키도 줄고, 왜소해지는 단계로 가는 거란다."

"얼마 전까지만 해도 엄마 보면서 그런 생각 못했는데…. 오래 사셔야 해요."

어깨를 감싸주는 아들의 팔을 잡으니 무언가 뜨거운 것이 가슴에서 올라왔지만 감정대로 하면 분위기 깰까봐 '나무' 이야기를 했다.

"엄마는 나무를 볼 때 내 자신이 제일 작아져. 지금 우리 옆의 이 큰 소나무는 우리들의 할아버지, 그 할아버지가 심은 나무겠지. 세월이 흘러서 이제 그 사람들은 어디로 가고 우리가 이 나무를 보고 있는 거 아니겠니. 우리 집 앞에 심은 매실나무 있잖니? 지금은 애기 나무지만 그 나무가 자라 수많은 매실을 주렁주렁 달고 앉아 있을 땐 엄마는 어디로 가고 너희들은 자식을 안고 있겠지. 삶은 그렇게 흐르는 거야. 엄마도 나이 들어 깨달았어."

그리고 이렇게 덧붙였다.

"삶은 그렇게 흐르기에 허무하다고 할 수도 있지만, 한편으로는 그래서 지금 이 순간, 바로 이 순간에 최선을 다하는 삶이어야 한다는 거지."

선우가 어디까지 알아들었는지는 몰라도 고개를 끄덕인다. 그런 우리 둘을 바라보는 주현이는 아까부터 죽 말이 없다.

아이 눈에 엄마가 늙어가는 것이 들어온다니, 뿌듯하지만 한편으로는 정신 바짝 차리고 살아야겠다는 생각이 든다.

진밭을 한 바퀴 돌고 오두막 가까이 돌아왔을 때, 선우의 손을 잡았다.

"선우야, 엄만 우리 아들과 이런 이야기를 나눌 수 있어서 참 행복해. 중2 아들이랑 이런 얘기하는 사람 있으면 나와보라고 해."

오늘은 몸보다도 마음 운동을 뻐근하게 한 날이었다.

아이들이 개울가로 떨어진 이유

어느 날, 아이들이 내 눈 앞에 들이민 물건. 엄마 생일이라며 쑥스럽게 내민 것을 풀어보았다. 딸 주현이는 언제부터 떴는지 털 목도리와 내가 좋아하는 예쁜 리본 끈을 손 위에 올려준다. 아들 선우도 씩 웃으며 내 손바닥에 올려놓는 것은 손수 만든 곰 모양의 양초다. 아빠를 닮아 워낙 손재주가 없는 녀석인데 정말 귀엽게 잘 만들었다.

아이들은 엄마가 마음에 들어하는지 눈치를 살핀다. 선물이 혹 여 뭉개질까봐 학교에서부터 손바닥에 올려놓고 조심조심 왔다는 데, 당연히 맘에 들고도 넘치는 선물이다. 아이들이 도시에서 자랐 다면 엄마를 위해 이런 귀한 선물을 했을까 생각해본다.

::::

아이가 지금 어두운 길을 오고 있을 것이다. 캄캄한 산속 길을 따라 책가방을 메고 달과 별과 두런두런 이야기하다, 시냇물 소리에 귀도 기울이면서 걸어오고 있을 것이다. 귀가 시리고 코가 시리고 손이 시리겠지만 산골의 도반들과 따사로운 정을 나누다 보니 가슴은 뜨겁고 등줄기엔 땀이 흐를 것이다.

2년 전에는 이런 일이 있었다. 선우가 학교에서 돌아올 시간이 되었는데 어둠이 깔리고 한참이 흘러도 오지 않았다. 뒤늦게 나타난 선우는 "엄마, 나 오늘 죽을 뻔했어" 한다. 어두운 길에서 걷다가 개울로 떨어졌다는 것이다. 뭐, 조금 높은 곳에서 미끄러졌겠지 하고 말았다.

그런데 다음 날 옷을 갈아입는데 보니 다리가 긁혀 다 벗겨지고 교복이 찢어지고 사태가 심상치 않았다. 며칠 뒤 선우는 길을 지나다 자신이 떨어졌다는 그 지점을 내게 가리켜 보였다.

"아니, 저 높은 데서?"

선우 말이 자기는 너무 놀라고 아파서 얘기했는데 엄마가 대수롭지 않게 여기더란다. 정말 아찔하게 높아 뼈 한두 개는 부러지고도 남을 듯한데, 그 정도로만 다친 것이 천만다행이었다.

그리고 올봄, 주현이가 저녁 먹고 음악 들으며 운동을 하다 온단다. 역시나 어둠이 사방에 진을 쳤는데도 아이의 인기척이 없다. 서울 살 때 같았으면 바로 뛰어 나가 호들갑을 떨며 찾았겠지만 자연의 옆구리에 사는 사람은 그럴 필요가 없다.

한참 지나 쩔룩이며 온 주현이를 보니 예전의 선우보다 더 심하게 옷이 찢어지고 팔도 긁히고 허벅지도 다쳤다. 주현이는 집 아래 비포장 길이 끝나는 다리에서 떨어졌단다.

떨어질 만한 장소가 아닌데 둘 다 별 이유 없이 떨어진 것이다. 나는 이렇게 상황을 짐작해보았다. 산골에 살다 보니 이런저런 생각도 많았겠지. 걸어오면서 별도 올려다보고, 달에게도 참견을 하고, 시냇물 소리가 또 부르니 개울가 가까이 걷다가 그만 떨어진 것이다.

오늘 내 짐작이 맞았다는 사실을 확인했다. 선우가 올 시간이 되어 고무신을 신고 나섰을 때였다. 손발이 시려 동동거리고 있는데 저만치서 선우인 듯한 검은 물체가 보인다.

"선우야!"

"앗, 깜짝이야."

"왜 그리 놀래? 엄마가 마중 나왔는데….

"달이 하도 밝아 감사기도라도 하려고 했는데 선우야~ 하니까 놀라지."

"달이 밝은데 왜 감사해. 무서웠구나? 어두워서."

아니란다. 다 컸는데 뭐가 무섭냐고 한다. 어둠 속에서 달이 온 길을 환하게 밝혀주니 그냥 감사하더란다.

자연은 이렇게 우리 아이들을 다 키우고 있었다. 🔲

산골의 인연 이야기

비가 온다.

가뭄이 심할 때는 그렇게 기다려도 오지 않더니 지금은 안 와도 되는 비가 자주 내린다. 하늘의 일이야 우리 농장 이름대로 '하늘 마음'이니 내가 가타부타 말할 것은 못 되지만 말이다. 이번 비에 코스모스가 많이 쓰러졌다. 가을에 걸맞은 꽃이라고 아내가 볼 때마다 좋아했는데, 강한 비바람에는 저도 어쩔 수 없는 모양이다.

2000년에 귀농했으니 짧지 않은 기간을 낯선 곳에서 살아냈다. '살아냈다'는 표현이 정말 맞다. 서울 인근을 떠나 살아보지 않은 서울토박이로서는 연고도 없는 이곳에서 많은 것을 새로 시작해야 했다.

유치원생처럼 사람도 다 새로 사귀어야 했고, 농사도 하나부터

열까지 새로 배워야 했고, 콘크리트처럼 굳어버린 삶의 방식을 바꾸는 데도 인내와 용기가 필요했다. 그러나 그것 말고도 꼭 필요한 것이 있었다.

그 엄청난 일들을 해나가며 지금의 자리에 소나무처럼 꿋꿋이 서 있게 되기까지는 '인연'이 고인돌처럼 나를 떠받치고 있었다. 농사로 지친 몸을 씻고 잠자리에 누우면 환한 인연들이 절로 떠오르는데 그 중 대전교구의 이원무 신부님과 김승하 님은 도무지 그 인연의 깊이를 알 수 없을 정도다.

논산의 이원무 신부님은 내가 다니는 성당의 신부님이 아니다. 귀농 후, 야콘 때문에 우연히 알게 된 분으로 우리 산골가족 일이라면 당신 일처럼 돌봐주시니, 아이들도 가족으로 알 정도다. 우리가 중고 농기계로 힘들게 농사를 지을 때는 그것이 안쓰러워 농기계를 손수 사서 내려보내주시곤 했다. 산골의 작은 일에도 온전히 내 일처럼 마음을 써주시는 분이다.

그리고 농사싯는 일이 고생에 비혜 수익이 적어 안타깝다며 무슨 방법이 없는지 나보다도 더 고민을 하신다. 사제라는 신분 때문이 아니라 성품이 그러한 분이다. 이번에도 산골에 오셔서 효소실이며 야콘밭을 일일이 다니시며, 부러지고 굼벵이 먹은 야콘을 버리지 않고 가공할 방법은 없는지 고민을 거듭하다 가셨다. 나도 이제는 어려운 일이 있으면 스스럼없이 신부님께 상의를 드리곤 한다. 농사 일이든, 그 어떤 일이든 상관없이 가족처럼 마음을 나눈다. 어떻게 해서라도 우리 부부를 도와주려고 애를 쓰시는 신부님 모습을 보면 어떻게 인연이 되었는지 자꾸 되짚어보게 된다. 사람과 사람 사이, 이런 마음으로 채워진다는 것은 분명 축복이다.

이원무 신부님은 아내와 내가 다른 사람과 관계를 맺는 데 있어서 잣대가 되는 분이다.

산골에 밤이 찾아와 담배 한 대 물고 마당을 서성인다. 그럴 때면 신부님과의 인연에 비추어 나는 다른 '인연'에게 어떤 그림자인지를 새삼 돌아보게 된다.

그리고 또 다른 인연, 김승하 씨는 울진원자력에 다니는 회사원이다. 그러면서 주말만 되면 이른 아침 이곳 산골로 출근하여 우리 새 집의 기초와 설비뿐만 아니라 물 공사, 지하수 공사, 장독대 공사 등을 모두 돈 한 푼 받지 않고 자원봉사해주었다. 돈은커녕 본인의 포크레인까지 실어다놓고 내 집처럼 (아니, 나도 내 집을 그렇게 꼼꼼히는 못한다) 손을 봐주었다. 건축업자에게 맡기면 쓸데없는 돈이 많이 들어간다는 이유가 다였다. 누가 남의 일에 이렇게까지 신경을 쓸까. 도저히 상상하기 힘들 정도였다.

그렇게 우리 집짓는 공사를 하다 카터기에 손가락 인대가 끊어지는 사고를 당했다. 이제 손까지 다치고 했으니 기초공사를 건축업자에게 맡기자고 사정을 해도 한 손으로 운전하고 와서 집의 기초를 다 닦아준 사람이다. 오른손을 다치다 보니 몇 달 동안 젓가락질도 못하고 고생을 하는 모습을 보면서 얼마나 마음이 아팠는지 모른다. 그런데도 전혀 신경쓸 것 없단다. 이깟 것 다친 걸 가지고 뭘 그러냐고 오히려 우리 부부를 위로하는 사람. 그렇게 몇 달을 고생하고 이번에는 데크 공사까지 해주겠단다. 그는 말을 아끼는 사람이라 입에서 나온 말은 곧 실천이 되었다. 눈이 키만큼 온 한겨울에 포크레인으로 눈을 치워가며 그렇게 산골 새 집의 데크를 널찍히 만들어주었다. 그러면서 농사짓고 들어와 저녁 먹고 데크에 나와 차 한잔 마시는 행복을 맛보면 좋을 거란다.

직장인에게 주말은 황금시간인데, 그 주말을 산골의 등 가려운 곳 긁어주는 데 온전히 투자한 사람이다. 소나무처럼 말이 없고 묵묵히 일만 하는 사람. 공사하다가 나와 상의할 일이 있으면 '형님' 하며 운 한번 떼고 웃음으로 용건을 말하는 사람이다.

이제는 장작을 쌓는 창고가 없어서 땔감이 젖는다며 나무 창고를 만들어주고 있다. 우리 집에 무엇이 불편하고, 무엇을 급히 만들어야 하는지 나보다 더 고민이 많다.

그 외에도 얼마나 많은 인연들이 나의 아픔에 약을 발라주었는지 모른다. 낯선 곳에서 혹여 외로울까, 불편할까, 마음을 다칠까 봐 그 인연들은 지금도 더듬이를 산골로 향하고 있다. 귀농 전, 직장 다닐 때는 내 능력만으로 내 앞길을 탄탄히 개척해 나간다고 믿었다. 그러나 산골에서는 이런 분들의 사랑과 관심이 나의 앞길을 밝히는 등대가 된다고 나는 믿는다. 🔲

황금 소파와 광택 나는 커튼의 무게

홀라당 벗고 서 있던 겨울나무에 하나하나 올이 나오고 있다. 바로 새싹이다. 그 올들이 커서 옷이 되겠지. 그 긴 겨울잠을 자고 나오니 안색이 그리 맑은가보다. 잠을 자는 내내 올해 열매는 얼마나 맺을 것인지, 키는 어느 정도 커야 할지 등을 고민했을 것이다.

그뿐일까. 언제쯤 옷을 갈아입을지, 언제쯤 걸친 옷을 발 아래로 떨굴 것인지, 겨울잠 자는 내내 그 숙제를 하느라 잠을 설쳤을지도 모르겠다. 그 과제를 꼼꼼히, 잘해낸 나무만이 우리들에게 한여름 커다란 그늘을 만들어줄 것이고 풍성한 수확의 기쁨을 안겨줄 것이다.

난 '손바닥 공책' 이라 이름 붙인 작은 공책을 뒤적이는 짓을 가끔 한다. 그 안에는 내 삶의 여정에 있어서 작은 바늘처럼 무디어지고 어리석은 나를 찌르기에 충분한, 아니 전기충격기와 같은 효능을 발휘하는 글들이 빼곡히 적혀 있다. 나른한 봄날에 취해 있는 내 정신을 깨우려 그 손바닥 공책을 열었더니, 한걸음에 달려든 글이 있다.

"황금 의자와 광택 나는 탁자를 가지고 골치를 썩이느니, 지푸라기 침상에 누워 두려움 없이 사는 것이 낫다"는 에피쿠로스의 말이었다.

내가 지금 딱 그 꼴이 났다. 입주 전에, 새 집을 지었다며 넷째 언니가 필요한 것이 무어냐고 물었다.

"아니, 뭐 됐어. 필요한 거 없어"라고 두어 번 뒤로 빼다가 대뜸 소파라고 했다. 언니는 의아해 하는 것 같았다. 사실 소파는 초보 농사꾼이 원했던, 그 전에 살던 오두막에서도 절실했던 물건이다. 오두막이 두 평만 넓었어도 소파마은 들여놓았을 것이다. 귀농 전에도 마르고 닳도록 애용한 것으로 치면 이해는 간다. 그의 말에 따르면 그 애용품이 산골에서 더 유용하단다. 밭에서 땀 냄새 풍기며 일하다 노곤한 몸을 씻고 소파에 누워 쉬면 더없이 좋지 않겠냐는 거다.

그러나 더 큰 이유가 있다는 것을 나만은 알고 있다. 사실 초보농사꾼은 겉보기는 건장하고 멀쩡해 보여도 신체구조상(?) 책상다리를 하고 조금도 앉아 있질 못한다. 금방 다리가 저려오고, 허리가 아파서 그렇게 앉아 있질 못한단다. 고등학생일 때부터 그랬다고 하는데, 내가 아는 초보농사꾼은 방바닥 체질이 아니다. 늘 새 집을 지으면 초보농사꾼에게 소파만큼은 꼭 사줘야지 하고 마음먹었던 터였는데, 이런 귀한 기회(?)가 왔을 때 더 빼면 안 된다는 판단이 섰다.

언니가 소파를 사 보내주었다. 산골에 도착한 이태리 소파는 나를 놀라게 했다. 비용도 그랬지만, 이런 소파는 산골에서 사치라는 생각이 들었다. 그 말을 전하는 내게 언니는 속내를 말해주었다.

"막내야, 너희가 귀농이니 뭐니 해서 이런 것에 연연하지 않는다는 건 언니도 알아. 하지만 지금 장만하면 평생 쓸 것이고 선우, 주현이가 커서 새 사람 데리고 올 때도 이 물건이 있을 테지. 애들 생각해서라도 이제 세간도 깨끗한 것으로 들이는 게 좋아."

언니 말도 일리가 있지만 산골아이들도 그 부모에 그 자식이라고 제 짝 될 사람이 부모 세간의 때깔에 따라 그 집을 평가하는 사람하고는 사귀지 않을 거라는 확신까지는 안 드는 모양이다. 하여간 그렇게 해서 분에 넘치는 소파가 산골에 들어와 둥지를 틀었다. 거기까지는 좋았는데 통창이 많은 새 집에 커튼을 달려니 비용이 만만치 않아 차일피일 미루고 있는 참이었다. 마침 새 집에 다니러

오신 어머니는 이리저리 소파를 옮기느라 바쁘시다. 이유를 여쭤보니, 햇빛이 강하면 좋은 가죽일수록 터진다며 전전긍긍해 하신 것이다. 급기야 이불커버를 가져다 소파에 덮어씌우기에 이르렀다. 어머니는 서울로 돌아가시는 길에도 어서 커튼을 달라는 말씀뿐이다. 처음에는 괜찮았는데, 어머니가 가신 뒤로는 내가 그 바통을 넘겨받아 소파에 신경이 쓰이기 시작했다.

에피쿠로스의 말처럼 내가 딱 그 꼴이 난 것이다. 비싸다는 이유로 그 소파에 골치를 썩고 있는 거다. 내가 편하려고 들여놓은 소파인데, 이제 소파를 모시고 사는 지경이다. 서둘러 커튼이라도 해서 달면 되는데 그것도 비용 때문에 고민만 하면서, 여전히 전전긍긍하고 있는 모양새라니….

사람이 물건의 노예가 된다더니 내가 그 짝이다. 이 산중까지 들어와 그깟 소파에 이렇게 전전긍긍하다니, 내심 부끄럽기까지 했다. 오두막에서 쓰던 작은 철제 의자였다면 이렇게 좌불안석이었을까. 귀농하고부터는 내가 사는 물건이 분에 넘치는지 아닌지는 판독하고 행동하게 되어가고 있다고 내심 자부했는데, 이 소파가 나를 시험에 들게 하고 있다. 다행히도 손바닥 공책 덕분에 다시는 물건으로 인해 마음이 빼앗기는 짓은 하지 말아야 한다는 메시지를 충분히 받았다.

해가 저물고 있다.

갑자기 시장바닥에서 튀밥 튀길 때 나는 그 '펑' 하는 소리가 그리워진다. 아마도 그 소리를 듣고 정신차리고 싶은 마음이 가득한가보다.

눈물나는 불쏘시개

산중에서 요즘이 불을 때기에 제일 어정쩡한 때다. 불을 때자니 덥고, 그렇다고 안 때면 새벽에 추워 깨기 때문이다. 조금 더운 것이 낫지, 추워서 잠이 깨면 나잇밥을 먹어 그런지 다시 잠들기가 어렵다. 어젯밤부터 불을 꺼뜨리는 바람에 불을 다시 지피려니 불쏘시개가 마땅치 않다.

이럴 때 뒤통수에서 꼭 날아오는 소리가 있다.

"당신 옛날 같았으면 소박맞았어. 불씨 죽였다고."

"그래? 그럼 나 소박맞았다 생각하고 당신이 피워."

꼭 본전도 못 찾을 말을 하고 구렁이 담 넘듯 사라진다.

종이를 찾아보자는 생각에 눈을 휘번득거리며 주위를 살피는데 마른 솔가지가 작은 바가지 엎어놓은 것만큼 보인다. 작년 가을에

주현이가 주워다준 것인데 겨우내 눈 속에 방치되어 있다가 봄이 되자 눈이불을 개고 모습을 드러낸 것이다.

어린 딸아이의 정성을 생각하니 정수리가 찡해지면서 괜히 미안하다. 엄마 아빠가 불 피울 때마다 눈물을 흘리며 고생한다고 학교 끝나고 집까지 걸어서 오는 길에 주워 온 불쏘시개. 제 실내화는 가방에 넣고 신주머니에 담아온 것들이다. 그 불쏘시개로 불을 지피니 딸의 정성 때문인지 불이 잘 붙고 눈물도 나지 않았다.

우리 딸이 커서 엄마 곁을 떠나 홀로서기를 하면 난 또 눈물을 흘리며 불을 피울 것이고, 불쏘시개를 그렇게 담아다준 딸이 그리워 또 콜록거리며 울겠지…. 아이들이 커간다는 것. 꼭 기쁘고 즐거운 일만은 아닌 것 같다. 🔲

고맙다, 아이야

딸 주현이의 몸에 난 종기를 발견한 것이 6월 초였다. 내가 봐도 확연히 알 수 있는 정도의 크기였다. 당시에는 "이거, 떼는 건 쉬워. 병원 가서 떼지 뭐" 하며 아무렇지 않은 듯 아이에게 말을 건넸다. 그러나 중학교 2학년인 주현이가 내 얼굴의 그늘을 못 읽었을 리 없다.

사람마다 약한 부분이 있다면, 내 약점은 병에 대한 공포다. 누군들 아픈 것을 좋아할까마는 나는 가족사 때문에 이 부분에서 일찍 철이 들었다.

큰언니의 아들인 조카가 백혈병이라는 진단을 받았을 때는 내가 막 대학원에 입학했을 때였다. 그때 나는 삶이 얼마나 잔인할 수 있는지를 뼈저리게 느꼈다. 백혈병이라는 것은 그 정도로 사람 잡는 일이었고 초등학생이던 어린 조카는 뼈에서 골수를 빼내는 고통을 참으며 나이테를 그려갔다. 그리고 어느 가을에 온힘을 다해 부여잡았던 이승에서의 끈을 놓고 말았다. 게다가 그 사이 넷째형부와, 친정아버지, 셋째형부도 차례차례 사고와 지병으로 약속이나 한듯이 세상을 떠났다. 사실 그동안 아이들을 키우면서도 웬만한 병이나 부상은 아픈 것도 아니라고 여겼지만, 이번 일 앞에서는 한없이 작아질 수밖에 없었다.

다음 날, 아침 일찍부터 자는 딸을 깨워 포항의 병원으로 갈 채비를 했다. 서울의 언니들에게 연락만 하면 알아서 척척 병원 스케줄이 잡히겠지만, 말할 수가 없었다. 게다가 교통사고로 입원해 계신 친정엄마 때문에 나를 제외한 딸들이 엄마 곁에서 마음 졸이고 있는데, 거기다 대고 나까지 무게를 얹을 수가 없었다. 초보농사꾼까지 세 식구가 아침도 거른 채 출발을 했던 터라, 가던 길에 식당으로 들어가 속을 채우기로 했다. 초조한 마음을 티내고 싶지 않았는데 몸이 말을 안 들었다. 국물을 턱 아래로 줄줄 흘리고, 입 주위에 있는 대로 음식을 묻히고, 그것도 모자라 급기야는 초보농사꾼의 국을 죄다 치마에 덮어썼다.

그렇게 젖은 치마를 하고서 병원에 도착했다. 병원 냄새, 환자복을 입은 사람들, 어두운 표정을 하고 있는 대기자들을 보니 조카가 무균실에 있을 때 생각이 났다. 아이가 어쩌다 무균실에서 병원 복도에 나오면 사람들은 병이 옮을까 티를 내며 아이를 멀리했다. 아이가 무균실에 있었던 것은 내 조카가 저항력이 없는 상태였기 때문에 오히려 다른 사람들의 병균이 아이에게 옮지 않도록 조치를 했던 것인데, 사람들은 잘못 알고 있었다. 설령 자기들 생각이 맞다 치더라도 그렇게 행동하면 아이 가슴에 멍든다는 것을 배려하는 이는 없었다.

주현이의 순서는 한참을 기다려야 했다. 어린 딸 옆에 앉아 혹여 나쁜 병이 아닐까 덜덜 떨며 앉았다 일어섰다를 반복했다. 엄마가 정신이 없으니 대신 주현이에게 의사선생님이 하는 말을 똑똑히 들으라고 당부했다.

진료가 끝난 후, 숨을 꼴깍 삼키며 바싹 다가앉아 선생님의 입만 쳐다보았다. 크게 걱정하지 않아도 될 것 같은데 혹여 모르니 초음파랑 엑스레이 예약을 하고 가란다. 주책없이 눈물이 흘러나왔다.

검사일은 한 달 뒤로 잡혔다. 선생님은 걱정 말라고 했지만, 드라마나 영화에서 봤던 것처럼 검사를 해보니 결과가 나쁜 게 아닐까 싶어 기다리는 한 달이 십 년처럼 길고도 괴로웠다.

"주현아, 엄마가 선생님 말씀 잘 들으라고 했지? 분명히 걱정 안 해도 된다고 했지? 그치?"

아이를 괴롭히지 말자 하면서도 몇 번을 물었다.

드디어 검사일이 되었다. 그런데 지난번과는 달리 검사를 끝낸 선생님의 표정과 말투가 조금 무겁다. 조직검사를 하자는 것이었다. 힘이 쭉 빠진다. 멀리서 왔으니 기다렸다가 조직검사를 하고 가란다. 그렇게 종기의 일부를 떼내고 왔다.

또 다시 검사 결과가 나올 때까지 정신 나간 사람처럼 지내다가, 결과를 보러 다시 포항에 갔다. 이번에는 아이를 데려오지 말고 부모만 오라고 해서 우리끼리 도착했다. 대기실에 진득하게 앉아 있으라고 해도 초보농사꾼은 자꾸 담배를 물고 밖으로 나간다.

선생님 말씀으로는, 지난번 초음파를 해보니 생각보다 종기가 크고, 악성일 확률도 반반이었다고 한다. 그런데 조직검사 결과 양성이니 크게 걱정 말란다. 눈과 가슴이 동시에 뻐근해왔다. 자세한 설명을 들은 후, 흉터가 남지 않는 방법으로 수술하여 종기를 떼어내기로 결정했다.

이제 주현이는 가뿐하게 수술을 마치고 일상으로 돌아왔다. 이후에 있었던 또 한 차례의 조직검사 결과도 양성으로 나왔다. 마지막으로 병원을 다녀온 날 저녁, 비가 쏟아지는데도 우리는 처마 밑에 돗자리를 펴고 고기를 구워 먹으며, 오랜만에 웃음다운 웃음을 마음껏 웃었다.

검사를 받는 두 달 동안 주현이는 이상하게도 양팔을 펴고 하늘을 나는 듯한 놀이를 자주 했다. 더러는 날개라며 보자기를 둘러매기도 하고, 아빠의 큰 옷을 어깨에 날개처럼 둘러매기도 하고, 나중에는 아빠의 트럭 위에서 그 보자기를 펄럭이며 뛰어내리기도 했다. 어리지만 마음고생을 털어내는 저 나름의 의식이 아니었을까 짚어본다. 어린 것이 얼마나 훨훨 날고 싶었을까….

"그래, 주현아, 훨훨 날렴, 그리고 힘차게 나아가렴, 뒤돌아보지 말고 네 앞에 펼쳐진 무한한 가능성과 멋진 미래를 향해…. 그 길이 무지갯빛인지 아닌지는 네가 선택하고 노력하는 대로 되니 신나지 않니? 주현아, 오늘은 별이 참 많구나. 잠시나마 비어 있던 마음에 별을 쨍그랑 소리가 나도록 가득 채우렴."

지금은 웃으며 말할 수 있지만, 또 한번의 아픈 경험이었다. 그렇지 않아도 또래보다 애늙은이처럼 건강에 대한 가치관이 뚜렷하다는 말을 많이 들었는데, 이번 기회는 또 한번의 '비 온 후 땅 굳음'이었으니 감사하고 감사한 마음뿐이다.

그 일이 있은 후, 나는 아이가 눈치 채지 못하게 몇 번이나 아이를 만져보았다. 너무 고맙고 기특해서. 그리고 옆을 더 자주 보게 되었다. 밭에서 호미의 바쁜 놀림을 멈추고 하늘도 보고, 개울이 졸졸거리는 소리도 귀기울여 듣고, 풀벌레 소리의 여문 정도도 체크하며 등이 휠 것 같은 기억을 희석시키고 있다.

깊은 산중에서 내가 외롭지 않은 이유

불영계곡의 단풍이 자지러지더니 이제는 조금씩 눈에 띄게 혈색이 안 좋아졌다. 얼마 전부터 된서리가 몇 차례 내리더니 그럴 때마다 그들의 화려함도 조금씩 잠식해 그 색이 바래어가고 있는 거다. 사람도 된서리를 한번 맞고 나면 앓고 일어난 사람처럼 몰골이 형편없어지는 것과 똑같다. 자연의 이치를 닮아가는 것이 인생사인 걸까.

오늘은 숲에 귀를 기울여본다. 숲이 아주 요란하다. 마른 잎 떨어지는 소리가 바스락바스락 맑은 것으로 보아 그 건조함이 절정에 이른 모양이다. 그 소리가 어찌나 맑은지 내 영혼도 말라 부서질 것 같다. 혼자 숲길을 걷고 있노라면 이방인에게도 숲은 다정스레 말을 걸어온다. 낯가림도 없고 차별도 없고, 타향에서 온 이라고 경계하는 눈빛도 없다.

::::

낯선 사람이든 지인이든, 산골에 오면 꼭 묻는 말 중에 하나가
이 깊은 산속에서 외롭지 않느냐는 거다. 대답은 단호한 '아니오'
이다.

얼마 전에 친구 연승이에게서 전화가 왔다. 귀농하고 어느 교육
과정에서 만난 친구인데, 착하고 맑은 품성에다 말끝에 흘리는 충
청도 사투리에 반해버렸다. 나이도 마침 동갑이었기에 서로를 '갑
장'이라 부르며, 서천과 울진이라는 먼 거리를 놓고도 늘 마음에
담고 살았다.

갑장은 김 사업을 크게 하는 친구라서 늘 산골에 김 떨어질까봐
미리미리 김을 보내주곤 했다. 나 역시 농산물이 나오면 갑장에게
보내주었다. 멀쩡한 야콘을 보내면 굼벵이 먹고 부러진 야콘을 보
내지 않고 멀쩡한 것을 보냈다고 싫은소리를 하는 친구다.

그 친구가 이번에는 김을 넉넉히 보낼 테니 혼자 사시는 노인 분
들도 나누어드리고 손님 접대도 하라고 한다. 그것도 내가 바쁠까
배려하여 용건만 말하고는 끊었다.

택배를 찾아와 보니 상자가 엄청 컸다. 나는 안다. 이 성수기에
바쁜 손이 이런 일을 하려면 얼마나 발을 동동거려야 하는지를….

'눈에서 멀어지면 마음마저 멀어진다'는 말도 있지만, 갑장과 나

에게는 해당되지 않는 이야기다.

고마운 친구는 가까이에도 있다. 지난주 성당에 갔을 때, 미사가 끝나고 마당에서 커피를 한잔 마시는데 황영미가 손을 잡아끈다. 그 남편 분은 우리가 귀농하고 얼마 안 되어 정말 절절매고 있을 때, 연락도 없이 바람처럼 나타나 하루 종일 힘든 농사일을 도와주었던 사람이다. 그때의 그 감동은 지금도 꽁치젓갈처럼 진하고 깊은 맛으로 남아있다.

영미는 오래 전부터 우리 사이트에 가입해서 하루도 빠짐없이 다녀가면서도 성당에서 보면 쑥스러워 그 말을 못하고 몇 년을 지낸 것이다. 어느 날, 고춧가루 주문한다고 연락이 와서 대화를 해보니 그처럼 보이지 않게 우리 가족을 응원하고 있었다.

그때부터 자매처럼 지내고 있었는데 오늘은 내 손을 잡아끌더니 자기 차에서 뭔가 묵직한 뭉치를 꺼내 준다. 그리고는 먼저 선수를 친다.

"언니, 이거 죽변항에는 흐드러졌어. 정말이야. 아주 흔한 거야. 알았지?"

내가 바쁜 사람이 왜 이런 것까지 신경쓰냐고 잔소리할까봐 먼저 선수치는 모습이 물건보다 먼저 가슴에 안긴다. 생선인 것 같았다. 내 차에 싣고 집으로 와서 다듬으려고, 싱크대에 있는 설거지를 끝내고 비닐 팩도 미리 꺼내놓고서 생선이 든 비닐을 열었더니….

"내가 못 살아."

영미는 두 자녀를 둔 직장맘이다. 초등학생인 아들과 올해 여섯 살인 딸아이를 두고 있다. 그러니 얼마나 바쁠까. 집에 오면 화장 지우고 애들 돌보고 집안 치우고 자기도 바쁠 텐데…. 그 와중에 손빨래까지 하는 알뜰하고 야무진 엄마가 무슨 시간이 있다고 고등어와 오징어를 다 손질하여 한 번 먹을 분량씩 나누어 팩에 넣어 보냈을까. 농사로 바쁜 내가 손볼 필요 없이 해준 것이다.

그렇게 영미에게 생선을 받아서 집으로 가기 전에 김승하 님네를 들렀다. 말이 없는 사람이 "형님, 미사 끝나고 가면서 우리 집에 좀 들러요" 해서 간 것이다. 사과를 먹고 일어서니 부랴부랴 쫓아와서 우리 차 트렁크에 커다란 무언가를 두 개나 실어 준다. 그게 우리를 부른 용건이었던 모양이다. 집으로 돌아오면서 초보농사꾼에게 혹시 당신이 이게 필요하다고 했느냐고 물었다. 당연히 그러지 않았단다.

김승하 님은 지금 우리 집 어디에 무엇이 필요하고 산골 구석에 어떤 것을 설치해야 하는지를 초보농사꾼보다 더 자세히 알고 있고, 준비를 하는 사람이다. 그것은 맨홀 뚜껑이었다. 속은 맨홀에 딱 들어맞게 나무로 둥글게 파였고, 겉은 썩지 말라고 스테인리스로 야무지게 마감을 해놓았다. 물론 기성품이 아니고 손수 만든 것이다. 그것을 싣고 오는데 마치 다친 손에 의수를 단 기분이다.

집에 와서 맨홀에 뚜껑을 덮으니 딱 들어맞는다. 난 누구의 마음에 그렇게 딱 들어앉은 적이 있는지, 조금만 무엇을 해도 생색내기 급급하지는 않았는지, 행동보다는 입이 앞서지는 않았는지….

　다시 말하지만, 산골에 살아도 전혀 외롭지 않다. 상상할 수 없는 온갖 모습으로 넘치는 사랑을 받고 있어 늘 마음이 손난로처럼 따뜻하다. 내 나쁜 머리로 일일이 열거할 수 없을 만큼 많은 분들이 상상할 수 없는 모습과 마음으로 너무나 많은 사랑을 주고 있다.

　가끔 어른들이 '내가 무슨 복이 있다고' 라는 말씀을 입에 올리실 때는 대부분 부정적인 의미였다. 그러나 나는 이 말을 다르게 쓴다. "세상에, 내가 무슨 복이 많아서 이런 사랑 한가운데 있는지, 이래도 되는 건지" 하고 말이다.

　이제 마당에 나가봐야겠다.

　달을 보며, 조금씩 이 이웃들과 나를 비추어보려고 한다.

　은은한 달이 나를 도와줄 것이다. 낙살

감격의 크리스마스

오늘은 성당에서 성탄전야미사가 있는 날이다. 초보농사꾼
이 아이들은 두고 가자고 한다. 읍에 있는 학교에 다녀왔는데 또
읍에 데리고 가자니 피곤해 늘어져 있는 아이들이 걸린 모양이다.
내일 성탄미사 때나 데리고 가자고 한다. 그렇게 마음을 먹고 있는
데, 주현이가 오늘 밤 미사를 언제 갈 거냐며 계속 묻는다. 우리가
자리를 얼른 비워주기를 바라는 눈치다.

주현이 등쌀에, 피곤해서 누워 있던 초보농사꾼도 벌떡 일어나
갈 채비를 했다. 그렇게 불영계곡을 달려가서 미사를 드리고, 성당
마당에서 사람들과 과메기, 두부부침 등을 안주로 막걸리 한잔 하
고 집으로 돌아왔다. 그 밤에 불영계곡을 돌아 나오며 초보농사꾼
과 여러 이야기를 나누었다. 귀농 10년차가 지났고, 새롭게 또 한

해를 맞게 된 것, 또 새해의 소망을 도란도란 나누는 귀한 시간을 가졌다. 차도, 인적도 없는 국도를 달리며 우리는 이 낯선 곳에 뿌리 내린 지난 날을 불영계곡의 다슬기를 들여다보듯 투명하게 돌아보았다. 돌아오는 길의 운전은 내가 했다. 귀농 전, 오래된 장롱면허의 소지자였다는 걸 감안하면 나도 많은 변화를 온몸으로 맞으며 살아왔구나 하는 생각에 슬며시 입꼬리가 올라간다. 회식이다 뭐다 술을 마시고 걸핏하면 데리러 나오라고 할까봐 절대 운전대를 잡지 않더랬다. 귀농을 하고 나서는 필요에 의해 초보농사꾼에게 연수를 받고 운전대를 잡았다. 덕분에 이런 날 좋은 사람들과의 한잔 술에 취한 초보농사꾼을 태우고 이 맑고 영롱한 길을 함께 달리고 있는 거다.

어둔 숲길을 돌아 집에 도착했다. 그런데 애들 인기척이 없다.
'벌써 자나?'
현관문을 여는데 트리에 뭔가가 달려 있다. 빨간색 양말에 내 이름이 적힌 흰 봉투가 보이고, 그 아래에는 웬 박스가 있다. 나무 보일러를 확인하러 집 뒤로 간 초보농사꾼을 불러서 조용조용 선물을 보여주었더니 나보다 더 놀란다.
"햐, 이게 뭘까? 이놈들이….."
그때 애들이 와르르 방에서 튀어 나온다.
"엄마, 아빠, 깜짝 놀랐지?"

애들이 빨리 선물을 뜯어보라고 한다. 초보농사꾼이 박스를 풀어보니 세상에, 그렇게 '사야지, 사야지' 했던 CD플레이어다. 겨우내 가공

산골의 크리스마스는 여전히 설레는 축제다

실에서 야콘즙 가공 일을 하는 초보농사꾼은 오래된 카세트로 음악을 듣는다. 그나마 테이프 돌아가는 것도 작년에 고장이 나고, 올해는 내내 라디오만 들었다. 뉴스를 외울 정도로 듣고 또 들으니 너무 지겹단다. 일전에 주현이가 서울에 다녀왔을 때, 할머니랑 이모들에게 받아 온 용돈을 보고 초보농사꾼이 아빠 CD플레이어 하나 사달라고 농담 삼아 말했었다. 그때 주현이가 딱 잘라 안 된다고 하더니만 이렇게 깜짝선물을 한 것이다.

그리고 산타 할아버지 양말에는 웬 구속영장과 상품권. 어디서 본 건 있어가지고 담당검사 이름은 박선우고, 문서번호라고 적힌 것은 우리 집 전화번호다. 상품권은 장난으로 만든 것이고 5만 원을 따로 주면서 꼭 엄마 옷을 사란다. 죄명이 더 재미있다.

"피고는 그간 정당한 구매욕구를 억누르고 중고, 특히 경매물품만으로 대리만족을 해온 혐의가 드러남."

구형은 다음과 같다.

"5만 원 한도 내에서 자신의 크리스마스 선물을 구입할 것. 위의 권고를 어길 시에는 빵과 커피 반영구 지급중지에 처함."

아이고, 엄마가 빵과 커피 없이 못 사는 것을 훤히 꿰뚫고 있구나. 검사가 되고 싶어 하는 선우가 만든 이벤트다.

초보농사꾼은 CD를 찾아 들어본다며 난리다. 선물을 앞뒤로 뒤집어가며 쓰다듬고 그렇게 좋아할 수가 없다. 그러고도 감정 조절이 안 되는지 두 놈을 끌어안고 고맙다고 몇 번이나 귀에 넣어준다.

벌써 새벽이다. 우리는 성탄 축하도 할 겸, 마주앙을 한 잔씩 하기로 했다. 아이들에게 오늘 받은 선물에 대한 놀라움과 고마움을 전했다. 아이들이 더 좋아한다. 엄마 아빠가 생각보다 더 기뻐하며 감격하는 모습이 선물을 받았을 때보다 더 기쁘다는 아이들의 모습에 마음에 등불이 켜지는 것 같다. 도시 같았으면 우리가 애들 선물을 고르느라 머리를 싸맸을 텐데 산골에서는 뒤집어져서 애들이 부모를 챙긴다. CD플레이어에서는 '7080' 노래가 흘러나오고 박씨 일가는 춤을 추고 노래를 따라 부르고 잔뜩 신이 났다.

두 녀석이 이렇게 엄마 아빠 마음을 헤아리는 사람으로 큰 것이 어디 부모 덕일까. 농장 하늘에 떠 있는 별과 달들이, 집 옆에 졸졸 흐르는 개울이, 드넓은 대지가, 집 주위를 병풍처럼 둘러친 푸른 소나무들이 그렇게 키운 것이다. 오늘은 아이들에게 더없이 멋진 보모가 되어준 자연에게 큰절 하고 자야겠다. 앙살골

엄마한테 실망했어!

　산골의 가을은 이래저래 사람을 혼수상태로 만든다. 농사일로 바쁘기도 하고, 눈이 부신 가을 풍광 때문이기도 하고, 한 해의 끄트머리에서 떨어지지 않으려고 까치발 들고 매달려 있는 불안감 때문에도 그렇다. 거기다가 올해는 새 집까지 짓는 바람에 혼이 쏙 빠진 지 오래다.

　그 와중에 아버님 기일이 끼어 있다. 어찌 보면 '이 바쁜 때에…'라고 생각할 수 있지만 잠시 삶을 돌아보게 하는 배려라는 쪽으로 생각을 틀고 나니 얼굴 한번 뵙지 못한 시아버님이 고맙기도 하다.

　기일 전에 김치를 미리 담그려고 농사일을 옆으로 밀쳐놓고 읍으로 달렸다. 험한 일을 하느라 허리며 어깨가 고장 나서 주현이를 앞세웠다.

아버님이 생전에 배추김치보다 열무김치를 좋아하셨던지라 열무를 찾는데, 날도 어두워지기 전에 벌써 파장 분위기다. 장바닥에 누워 있던 팔거리들 반 이상이 짐차에 꾸려져 있다. 제수거리야 하루 전날 다시 읍에 나와 준비한다지만 김치는 아니다. 미리미리 담가 적당히 익어야 제구실을 할 수 있다.

제사상에 김치를 올리는 것도 아니면서 제사 때는 새 김치를 담게 되는 것은 왜일까. 죽은 자를 위한 제사가 끝나고 산 자들이 모여 식사를 할 때 제사상에 추가로 올려야 할 것이 김치뿐이기 때문은 아닌지…. 그렇게 또 한번 새로운 마음을 가지라는 선물일 것이다.

아무튼 열심히 열무를 찾고 있는데 주현이가 대뜸 외친다.

"엄마, 저기 있다!"

할머니 한 분이 손이 시린지 손등을 계속 문지르며 열무단 뒤에 작은 몸을 더 작게 웅크리고 앉아 계셨다.

"얼마예요?"

"방금 전까지 2천 원에 팔았는데 이제 그냥 가져가야 할 판이니 천 원 줘" 하신다. 텔레비전에서 요즘 배추와 무 값이 폭등해서 올해는 김장 준비하기 만만치 않을 거라는 소리를 들은 터라 귀를 의심했다.

"할머니, 천 원요?"

"그려."

한 단을 키우기 위해 거름을 펴고, 밭을 갈고, 씨를 뿌리고, 뙤약볕에 풀을 뽑고, 거두고, 거기다가 일일이 다듬고 줄기에 다닥다닥 붙은 작은 무를 다 씻어서 묶어놓은 값이 천 원이라니. 귀농하지 않았다면 몰랐겠지만 나는 그 수고로움을 빤히 알지 않는가. 나는 3천 원을 건네고 묵직한 열무 세 단을 건네받았다. 주현이는 열무 단을 손에 들더니 휑하니 앞서가며 한마디 한다.

"엄마한테 실망했어."

"왜 그러는데?"

"엄마, 할머니가 그러셨잖아. 방금 전까지 2천 원에 팔았다고. 그럼 2천 원씩 쳐드려야지. 천 원 달라 했다고 천 원만 드려?"

안 그래도 우리 집에서 맺고 끊는 것이 제일 분명한 놈이 쌩 소리가 나게 쏘아붙인다. 거기까지만 해도 마음이 뻐근하건만 몇 마디 날카로운 말을 껌처럼 덧붙인다.

"엄마도 농사지으면서… 그게 천 원밖에 안 되냐고. 그것도 할머니인데…."

어린것 마음도 저 정도인데, 그렇게 할 것을…. 나도 망설이지 않은 것은 아니다. 그러나 할머니에게 3천 원을 더 드리면 할머니 마음이 어떨까를 생각했다.

열무단을 들고 터덜터덜 걷는 주현이의 뒤통수에 잔뜩 화가 묻어 있다. 허우대만 멀쩡한 줄 알았는데 석류알처럼 속이 차고 있는 거다. 저런 고운 마음은 인간이 물들였을까. 자연이 키운 것이다.

바람이, 나무가, 주현이가 해마다 따는 오디 열매가, 초저녁 별이, 투명한 하늘이, 장마철 흙내음 따라 올라온 가재가, 개구리 소리가, 달맞이꽃이 아이를 키운 것이다. 언제 어디서든 자연은 자신이 키운 산골아이들의 증인이 되어줄 것이다.

어깨동무하며 살아가는 사람들

오늘도 어김없이 비다. 벌써 며칠째 비가 오는지 모르겠다. 밭에 나가지 못하는 것도 안달이 나지만, 성격상 이렇게 집에 있는 일이 참 어렵다. 아내가 아침부터 어지럽다고 하여, 병원에도 갈 겸 비 온 김에 다른 볼일도 보려고 아내와 나섰다.

그러면서 읍에 나오면 만나고 싶은 사람 중 한 분인 신문사 김정 사장님과 한잔 하기로 했다. 신문사로 가보니 예전에 몇 번 뵌 적 있는, 사람 좋은 장진환 사장님도 함께 계셨다. 술을 곁들여 함께 저녁을 먹고 그동안의 이야기를 하는데 장 사장님이 내가 좋아하는 생맥주를 하자고 한다. 소주 끝에 생맥주로 마무리하는 걸 좋아하는 나를 배려한 모양이다. 장소는 장 사장님이 얼마 전 새로 연 호프집으로 정했다. 그동안 못 가봐서 마음이 영 편치 않았는데 잘

됐다 싶었다. 마침 아들 선우가 읍에 볼일이 있어 나와 있다기에 함께 그곳으로 향했다.

가게는 공간도 넓고 인테리어도 깔끔했는데 사실 장사가 잘 안되어 지금은 내놓은 상태라고 한다. 그래서 텅 빈 가게에서 우리끼리 술잔을 기울였다. 세상일이란 묘해서, 심성 곱고 마음씀이 깊은 사람들에게 일이 좋은 방향으로 흐르지 않는 경우가 종종 있다.

그 이야기를 듣고 보니 밖에 내리는 빗소리보다 마음이 더 무거웠고 죄 없는 술만 축냈다. 장 사장님이 부는 환상적인 색소폰 소리에 귀를 기울여보지만, 빗소리만 가슴을 때릴 뿐 색소폰 소리는 자꾸만 가슴 밖에서 길을 찾지 못한다.

우리 네 사람. 빗소리를 뒤로하고 힘껏 어깨동무를 했다. 안타까운 마음 때문일까 망가지는 속도에 탄력이 붙기 시작했다. 아무하고 망가지는 것이 아니다. 사람과 사람이 어깨동무를 한다는 것. 그것은 외로움을 덜기 위함이고, 꿈을 향해 함께 나아가자는 결의이며, 힘들 때 서로 힘이 되어주자는 무언의 약속이다.

선우도 같이하길 잘했다는 생각이 든다. 선우는 지금 이 순간 무슨 생각을 할까. 어떤 사람들은 술자리에 어린 아들을 데리고 가는 아빠가 이상하다 하겠지만 난 그렇게 생각지 않는다. 중학교 2학년이면 세심하게 판단하고 느낄 수 있는 시기이니 이런 자리는 아들이 많은 생각을 할 기회가 될 것이다.

선우와 함께 노래를 불렀다. 둘이 음을 맞추며, 그리고 술이 취

했지만 아빠의 호흡 소리를 들으며 부르는 노래. 난 아들의 어깨에 힘껏 팔을 올렸다. 그리고 선우에게 맥주 한 잔을 따라주었다. 아내는 눈을 동그랗게 뜨며 걱정하는 눈빛이었지만 난 선우가 이 술잔의 의미를 충분히 알 수 있는 나이라 판단했고, 그렇게 태어나서 처음으로 선우에게 술을 건넸다. 선우가 돌아서서 술잔을 비우는 모습을 보니 빈 술잔에 참으로 여러 가지 생각이 채워졌다.

장 사장님이 선우에게 꼭 술을 한잔 받고 싶다고 하신다. 그러면서 이렇게 덧붙인다. "선우야, 정말 훌륭하게 되어라. 작가가 꿈이라고 했는데 유명한 작가가 되면, 아저씨는 선우가 중학생 때 나한테 술을 따라주었다고 막 자랑하고 다닐 테니까."

선우는 힘찬 대답을 했다. 장 사장님의 이야기가 선우에게는 얼마나 소중한 밑거름이 되었을까. 아버지 친구 분들과 함께하는 자리인데도 잘 어울려 노래도 하고, 지루해하지 않고 웃고 이야기하며 진지해 하는 선우가 보기 좋다며 장 사장님은 선우와 노래를 부른다. 그 모습이 꼭 부자지간 같다.

두 분과 헤어져 돌아오는 길. 선우도 아저씨들과 함께한 시간이 참 좋았다고 몇 번이나 말한다. 지금 할머니와 오두막에 있는 주현이도 왔더라면 좋았을 거라고 하는 걸 보니 정말 특별한 시간이었나 보다.

이제 우리는 각자의 자리로 돌아왔다. 각자의 자리에서 새 날을 맞이하기 위해 또 다시 뛸 준비를 한다.

요술 부엌

나무로 불을 지핀 경력이 7년차가 되다 보니 장작 타는 소리에 마음으로 장단을 맞추는 경지에 올랐다. 얼기설기 잔솔가지를 올리고 그 위에 좀더 살찐 장작을 올리고, 어느 정도 불이 붙으면 큰 장작 몇 개를 더 올린다. 이 순간이 조심스럽다. 까딱 잘못했다가는 우르르 무너진다.

불을 지피며 욕심의 척도를 가늠해볼 수 있다. 욕심을 부렸다가는 힘들게 붙인 밑불까지 잃어야 하고, 적당히 올리면 내가 좋아하는 나무 타는 냄새를 풀풀 맡을 수 있다. 오늘은 나무 타는 냄새가 유난히 구수하다. 6월의 비 내리는 날이라 그런가 보다. 눅눅하게 젖은 마음을 물리치는 방법으로, 나무 타는 냄새보다 더 좋은 것은 아직 발견하지 못했다.

어린 시절의 몇 안 되는 기억 중 하나는 부뚜막에 앉아 계시는 엄마의 모습이다. 내 나이 일곱 살도 되기 전, 그러니까 엄마가 어린 자식들을 한양에서 공부 많이 시켜 훌륭한 사람으로 만든다고 굴비 꿰듯 줄줄이 꿰어 데리고 올라오기 전의 일이다.

부엌에서는 밥 짓는 냄새가 오늘 나무 타는 냄새처럼 구수한데 엄마는 밥상 차리다 말고 그렇게 멍하니 앉아 계셨었다.

"엄마, 뭐해?"

"뜸 들이는 중이야. 타지 않도록 지켜야 하거든."

엄마는 코만 발달했는지 그 무거운 무쇠 솥뚜껑을 열어 보지 않고도 뜸이 어느 정도 들었는지 귀신같이 알아차리셨다. 어린 눈에 엄마가 성스러워 보이던 대목이다. 엄마는 아궁이에서 불을 꺼냈다 넣었다를 반복하면서 뜸이 들기를 기다리셨다.

우리 집은 대식구였다. 우리 식구 여덟에다가 할머니, 할아버지, 삼촌과 머슴 아저씨들까지. 그 많은 사람들을 위해 지성으로 밥을 짓는 시간은 헛된 시간도, 죽은 시간도 아니었다. 에너지를 생성하는 시간이요, 미래를 내다볼 수 있는 맑은 시간이었다.

엄마는 부엌의 흙바닥에 무엇인가를 쓰시면서 고된 하루를 푸셨고, 부지깽이로 부엌 바닥에 삐뚤빼뚤하게 시를 쓰셨다. 넷째언니는 그 부지깽이로 부엌 바닥에서 엄마와 글을 깨치고 숫자를 배웠다. 막내인 내게는 바닥에 그림도 그려주셨기에 요즘처럼 흔한 동화책이 없어도 상상의 나래를 충분히 펼칠 수 있었다.

엄마의 부엌은 단순히 먹을 것을 만들어내는 장소가 아니라 교육의 장소요, 예술의 산실이었다. 그리고 가마솥에 쌀을 씻어 넣던 엄마의 투박한 손 자는 참으로 정확하여 누룽지의 색깔까지 거의 매일 똑같았다.

오늘날은 어떤가. 전기밥솥에 친절하게 그어준 눈금대로 물을 붓고 배꼽 하나 누르면 그만이다. 아궁이 앞에서 부지깽이 들고 앉아 코와 귀를 곤두세우지 않아도 된다. 주인이 없어도 '몇 시에 밥을 해주라' 하는 마술을 걸면 그대로 되고, 증기배출이 시작되었다느니, 취사가 완료되었다느니 촐랑대며 말까지 한다. 사람들은 편리한 세상이라고 감탄을 하며 기계에 경의를 표한다. 밥 짓는 시간을 절약한 이 시대의 주부들은 그 시간을 어디에 쓰는 걸까. 나 또한 편리함에 길들여져 얻은 시간들을 어디에 쓰고 있는지…. 그 넉넉해진 시간만큼 아이들에게 가족에게 마음을 쏟는, 늘 여유롭고 가슴이 따사로운 엄마와 아내인지 생각해보는 날이다.

나무 타는 냄새에 취해 긴 시간여행을 하고 왔더니 피곤하다. 혹 엄마라는 단어가 주는 그 책임감 때문에 마음이 묵직한 것인지도 모를 일이다. 약솥

다슬기국 한 그릇의 행복

새소리에도 강약이 있고, 늘 그 소리가 그 소리인 것 같은 물소리에도 고저와 장단이 있다. 사람도 마찬가지다. 사람마다 인생의 악센트가 다르다. 명예에 모든 힘을 쏟는 사람이 있는가 하면, 가방끈에, 돈에, 겉치장에 최고 순위를 두는 사람들도 있다. 예전의 나도 다르지 않았다. 그러나 아이들을 자연에서 키우고, 내 삶의 주인이 되고자 하는 지금은, 과연 무엇에 우선순위를 두고 있는 것일까.

::::

주현이가 현충일이라고 선생님 그리고 친구들과 다슬기를 잡으러 갔다. 확실히 산골이라 다르긴 다르다. 이곳 산골에는 스승이

작은 바늘로 열심히 다슬기를 까는 주현이

참 많다. 불영계곡이, 이제 막 알을 깐 박새가, 그리고 오늘은 다
슬기가 딸 주현이의 친구이자 스승이 될 참이다.

드디어 주현이가 돌아왔다. 불영계곡 유리알 같은 물속에서 건
져 올린 다슬기를 신주단지 모시듯 가슴에 안고서…. 페트병 윗부
분을 잘라내고 그 안에 다슬기를 담아 온 모습을 보니, 물을 흘리
지 않으려고 땀 깨나 흘렸지 싶다.

딸내미가 밭에까지 쫓아와 언제 다슬기국을 끓일 거냐고 재촉한
다. 지금처럼 바쁜 농사철에 손이 많이 가는 다슬기국을 끓이라니
시어머니가 따로 없다. 지 애비가 뒤로 넘어가게 좋아하는 다슬기
국을 끓여주고 싶어 하는 속내를 짐작했기에 호미를 던지고 내려
와 주현이와 요리를 시작한다.

주현이가 열심히 담아 온 다슬기

　먼저 된장을 풀어 다슬기를 한소끔 끓여낸 후, 다슬기만 건져서 소독한 바늘로 일일이 알맹이를 꺼낸다. 크기가 얼마나 작은지 어떤 것은 알맹이가 좁쌀알만 하다. 도끼눈을 뜨고 얼마나 다슬기를 깠을까, 눈이 다 아프다. 여전히 그릇의 바닥이 보인다. 마음을 비우고 도 닦듯 작업을 해야지, 조바심 냈다가는 심장병 걸리기 십상이다. 주현이를 보니 용케도 군말 않고 열심히 다슬기를 깐다. 아마도 아빠가 좋아할 모습을 떠올리며 손을 놀리는 모양이다. 다 까고 보니, 어른 한 주먹밖에 안 되지만 여간 소중한 재료가 아닐 수 없다.

　이제는 끓여둔 된장국에 다슬기와 궁합이 맞는 부추, 청양초를 숭숭 썰어 넣고 주현이와 깐 다슬기를 넣어 송글송글 끓이면 다슬기국 완성이다. 딸래미는 이제 밭에서 일하는 아빠를 재촉한다. 초보 농사꾼은 자주 먹을 수 없는 별미를 나누고 싶어서인지, 주현이의 마음씀씀이를 자랑하고 싶었는지 이웃 부부까지 초대한다.

흙에서 땀 흘려 일한 몸을 씻고 산중에서 먹는 다슬기국의 맛이란…. 말주변 없는 초보농사꾼도 주현이의 공로를 몇 번씩이나 오버해가며 치하해준다. 정말 사는 게 별것 아니다. 열세 살짜리 딸이 쥐눈이콩알보다 작은 다슬기를 잡아다 손수 만든 그 정성으로 치자면 값비싸고 화려한 외식에 댈 게 아니다.

이웃과 함께 다슬기국을 먹고 늦은 밤 마당에 섰다. 오두막 뒤 두릅산에서 캥캥 울던 노루도 잠들고, 나를 늘 긴장시키는 밉살맞은 뱀도 잠든 시간. 온통 산골을 장식한 줄장미처럼 우리 주현이의 마음도 늘 화사하길, 멍석만 한 팔을 뻗치고 선 벌노랑이꽃처럼 그 마음이 내내 넉넉하기를 빌어본다. 약살골

자연과 함께 크는 아이들

요즘은 휴가철이라 잠깐잠깐 다녀가는 손님들이 많다. 지인들도 있지만 대부분은 우리의 귀농을 궁금해 하는 낯선 분들이다. 어떻게 우리를 알았냐고 물으니 주로 텔레비전에서 보았거나, 월간지 등에서 보았다고 한다. 올해는 유독 더워 물가를 찾을 겸해서 더 많이들 오는 것 같다.

이맘때는 농사지으랴, 산으로 효소거리 채취하러 다니랴 정신이 없다. 그런데 아내가 한참 전부터 남들은 휴가도 가는데 아이들 데리고 수영이라도 가자며 자꾸 귀에 흘린다. 나도 가고 싶지만 시기를 놓치면 안 되는 일이 많다 보니 열 번 마음먹어도 반 정도밖에 행동으로 옮기지 못했다.

풀 천지인 밭이 마음에 걸리지만 귀농을 결심한 큰 이유 중 하나가 아이들과 자연에서 재미있게 놀려고 했던 것이기에 오늘은 새점의 뱀밭이라는 곳으로 수영을 가기로 했다. 오전에 잠깐 효소의 재료 때문에 산에 갔다가 부랴부랴 내려왔다.

선우, 주현이는 신바람이 나서 이 방 저 방으로 뛰어다닌다. 물안경을 찾고 튜브도 찾고 수영복에 슬리퍼까지. 이제 이골이 나서 준비물도 척척 알아서 챙긴다. 아내도 고기와 석쇠, 기타 식재료, 돗자리, 물통 등 아이들을 위해 열심히 짐을 챙긴다. 그리고 이웃에 사는 부부와 함께 뱀밭으로 출발!

선우, 주현이가 제법 자란 터라 물에 풍덩 던져 넣기가 쉽지 않다. 얼마 전까지만 해도 번쩍 들어 물속에 내다꽂으면 자지러지게 웃곤 했는데, 이젠 힘이 달려 그냥 같이 잠수를 하고 만다.

아이들이 커가고, 나는 기운이 없어지고…. 그 간격은 시간이 갈수록 더 커질 것이다. 이러다 애들이 날 물속으로 집어던지는 날이 오는 건 아닌지 모르겠다. 더구나 농사를 짓다 보니 봄, 여름, 가을, 겨울이 어찌나 쏜살같이 흘러가는지 산골에서는 시간 가는 줄도 모른다.

주현이는 학교 끝나고 학교 언니와 친구들이랑 이곳으로 몇 번 수영을 왔다고 하더니 수영 실력이 나 모르는 사이에 제법 늘어 있다. 서울 같았으면 학원으로 뺑뺑이 돌 시간에, 이 녀석들은 어느 계곡이 수영하기에 끝내준다더라 하며 찾아다닌 것이다.

아이들과 바위 위에서 하는 다이빙은 어떤 재미와도 견줄 수가 없다. 귀농 초에는 아이들이 물을 무서워해서 내가 무식하게 바위 위에 데리고 올라가 던졌는데 이제는 알아서 척척 바위 위에 올라가 다이빙을 하고 회전까지 하며 별 묘기를 다 선보인다. 산골에 처음 왔을 때 꼬맹이였던 아이들이 많이도 컸다.

나가나 들어오나 아내는 식구들이 먹을 고기를 굽기에 바쁘다. 아내는 아이들이 자연에서 많은 추억을 만들고 그것을 가슴에 잘 새기도록 늘 일을 만드는 형이다. 그리고 그 일을 최우선으로 삼는다. 훗날 아이들도 엄마가 만들어준 추억을 꺼내보며 행복한 웃음을 지으리라.

나와 이웃에 사는 부부도 오랜만에 빡빡한 농사일에서 벗어나 자연의 친구가 되는 시간을 즐겼으니, 농부에게도 아깝지 않은 재충전의 시간이었다. 도시에서는 기껏해야 술잔을 들고, 그나마 되지도 않을 재충전을 외쳤는데 말이다. 내일은 오늘 충전한 에너지로 대지에서 더 많은 땀을 흩뿌릴 것이다. 🟩

향기 나는 대물림

저녁을 지어 먹고 나무 보일러의 불꽃 상태를 보려고 밖으로 나간다. 주위는 어둑어둑한데 귀를 자극하는 소리에 고개를 돌려 본다. 잘 보이지는 않지만 나무들이 옷을 벗어 제 발등을 덮는 소리가 바스락바스락 하염이 없다. 장작 하나 집어넣으려던 나도 한참을 서서 그 소리에 귀를 씻어낸다.

:::::

장손인 아버지가 자식들 공부시킨다며 온 가족을 데리고 서울로 왔을 때 할머니의 심정이 어땠을까. 손자손녀가 여섯이나 되는 대가족이 모여 살갑게 살다가 훌쩍 떠나보냈으니 얼마나 가슴이 휑했을까. 그리고 나는 왜 지금 그걸 사무치게 느끼는 걸까. 아마도 나이를 먹는가 보다.

할머니는 여름방학이 되어 손자손녀들이 내려오면 보여준다는 이유 하나로 큰 꽃밭을 진종일 지으셨다. 꽃밭 크기가 땅 적은 집 밭만했는데 그 시절, 시골에서 그만한 꽃밭을 가꾼다는 것은 거의 사치에 가까웠다. 그러거나 말거나 할머니는 꽃씨를 심고, 곡식이 나오지도 않는 꽃밭의 풀을 뽑고, 함석 물뿌리개로 물을 주며 그곳에 치성을 들이셨다.

그렇게 여름방학이 되면 각양각색의 꽃들이 향기를 내뿜으며 할머니와 함께 우리를 맞아주곤 했다. 어린 내 눈에 비친 그 꽃밭은 황금밭이 되어, 지금도 내가 힘들 때마다 가슴 밑바닥에 간직해둔 특유의 향기로 나를 치유해주곤 한다.

할머니의 꽃밭에 비하면 상대도 안 되지만, 나 역시 농사를 지으면서 내 능력에 부치는 꽃밭을 가꾸고 있다. 할머니가 삭막한 서울로 가버린 손자손녀의 영혼을 위해 꽃밭을 가꾸셨듯이, 나 또한 얼떨결에 부모를 따라 귀농한 내 아들딸의 영혼을 위해 꽃밭을 경영하는 것이다. 내가 몇 년을 머리 싸매가며 공부한 '이윤추구'를 위한 경영이 아니고 '행복추구'를 위한 경영이다.

봄, 여름, 가을, 겨울, 철에 따라 꽃을 잘 안배하고, 눈높이와 때깔도 배려하고, 꽃의 모양새도 고려하면서 꽃을 키웠던 나의 할머니를 흉내 내어 꽃밭을 경영한다. 어느 날 보니 내 할머니와 똑같이 그러고 있다. 산골아이들이 우리 집 코스모스가 제일 예쁘다고,

우리 집 국화가 제일 아름답다고 할 때면 찰떡을 먹은 것처럼 든든하다.

하지만 이곳은 아이들만을 위한 공간은 아니다. 우리 부부가 연고도 없는 곳에서 임희숙의 노래 가사처럼 '등이 휠 것 같은 삶의 무게'가 느껴질 때 그 짐을 내려놓을 수 있는 곳도 바로 이 꽃밭이다.

우리 아이들도 언젠가는 자기들 손으로 자신의 아이들을 위해, 그리고 삶의 안식을 위해 꽃밭을 가꿀 날이 오겠지. 그렇게 대물림이 되는 그날을 눈감고 그려본다. 앙살

귀빈들께 올리는 두릅

주부들은 비싸거나 쉽게 깨지는 재질로 된 그릇이 있으면 손님이 올 때 쓴다고 고이 모셔두는 경우가 있다. 귀한 음식도 마찬가지다. 머지않은 날에 손님이 오기로 되어 있는데 귀한 음식이 생기면 그 음식에 손을 대지 않았던 경험도 주부라면 한두 번은 있을 것이다. 나도 그랬다.

귀농하고 나서는 과연 이 산중에서 가장 귀한 손님은 누구일까 하는 생각을 하곤 한다. 그동안 나는 손님을 왜 꼭 집 밖에서만 찾으려 했을까? 칼릴 지브란의 말을 빌릴 것도 없이 아이들 또한 내 소유가 아니요, 나와 인연이 되었을 뿐 나를 거쳐 지나가는 손님이 아닌가. 배우자 또한 다른 사람보다 더 진한 인연의 끈이 닿았을 뿐 소유해서도, 소유하려 해서도 안 되는 것은 마찬가지일 것이다.

그렇기에 나의 가장 귀한 손님은 가족이라는 결론에 다다랐다. 내 삶을 존재하게 하고, 변화하게 하고, 꿈꾸게 하는 손님들.

어제는 두릅을 땄다. 첩첩산중에 이 귀한 먹거리가 과분하게도 널려 있다. 갓 딴 두릅에서는 무채색 진이 나온다. 진이 나오는 음식이 사람에게 그렇게 좋다는데, 무채색의 두릅 진에서는 신기하게도 사과 향이 난다.

이곳 두릅은 키가 커서 초보농사꾼이 따온다. 한 자루 짊어지고 내려온 초보농사꾼에게서 농장 주위에 흐드러지게 핀 조팝나무 꽃 향기가 은은하게 새어 나온다.

자루를 쏟아놓고 오늘은 내 '인연의 손님'들을 위해 최상의 것으로 고른다. 예전에는 좋은 것은 선물하고 정작 내 가족들에게는 치마처럼 활짝 핀 억센 두릅을 내놓는 것이 고작이었다. 하지만 오늘은 두 눈을 부릅뜨고 이들을 위한 최상품을 고른다.

두릅을 곱게 데치고 물기를 빼 한 봉지 한 봉지씩 소중하게 분류한다. 비닐봉지 앞에는 분홍색 이름표도 달아준다. 그렇게 진달래색 이름표를 단 두릅 봉지들을 냉동실에 넣고 향기를 단속한다.

온 산천이 두꺼운 눈이불을 뒤집어쓰고 엎드려 있을 때, 내 소중한 산골가족들에게 이 두릅을 내어놓고는 봄이 잊지 않고 돌아올 거라며 희망을 귀띔해주려 한다. 그 겨울이 기다려진다.

辭

산골에서 부르는
노랫자락

꽃사과 같은 아이들

가을걷이가 한창이다. 산중 가을걷이는 따뜻한 지역보다 늦게 시작된다. 야콘은 답운재밭에 심은 것부터 먼저 캐기 시작했다. 며칠 동안 캐고 이제 남은 것은 달랑 몇 줄이라 오늘은 나 혼자 캐서 상자에 담아 오려고 했는데 아내가 따라 나선다. 혼자 할 수 있는 양이라고 얘기를 해도 굳이 따라간단다. 아내가 그러는 데는 분명 이유가 있을 거라 생각하고 함께 세레스를 타고 답운재밭으로 갔다.

야콘을 캐다 보니 전화도 많이 오고 생각보다 양도 많아 혼자 왔더라면 오늘 못 끝낼 뻔했다는 생각이 들었다. 아내는 일단 일을 시작하면 쉬는 법이 없다. 나야 힘들면 담배도 피우고 가져간 막걸리도 홀짝거리며 쉬는데, 아내는 내가 쉬자고 말하기 전에는 쉬질 않는다.

오늘은 날도 춥고 하니 잠시 쉬자고 했더니, 자칫하다가 오늘 못 끝낼지도 모른다고 그냥 한단다. 아무래도 끈기 면에서는 남자가 여자를 못 쫓아가는 게 확실한 것 같다. 늦도록 야콘을 캐서 일일이 상자에 담고 차에 싣는데 벌써 아픈 팔이 저려온다.

집에 가서 다시 야콘 상자를 일일이 창고에 넣으려면 기운을 충전해야 할 듯하다. 결국 그 핑계로 덕거리 유 이장님 댁(아내의 표현으로는 일명 '방앗간')에 들러 막걸리를 마시고 집으로 왔다.

집에 있던 아들 선우가 내 차를 보더니 대뜸 내 작업복으로 갈아입고 나왔다. 주현이도 어둠을 밝혀준다고 엄마 옷을 입고 나섰다. 지친 나 대신 선우가 많은 양을 날랐다. 야콘은 수분이 많아 상자의 무게가 꽤 나간다. 계속되는 야콘 캐기에 지쳐서인지, 초보 주제에 용기만 앞서 마구잡이로 일을 한 탓인지, 아니면 '테니스엘보'라 진단받은 증상 때문인지 나도 이제 중3짜리 녀석이 꽤 의지가 된다. 주현이도 곧잘 일을 도와준다. 아내가 여자라고 빼주는 일 없이 늘 공평하게 일을 시켜서 그런지 불평이 없다.

아이들에게 힘들지 않냐고 물으면 "엄마 아빠는 매일 하시는데요, 뭐. 우리는 잠깐 힘든 거잖아요"라며 기특한 소리까지 얹어준다.

함께 저녁을 먹으며 보니 선우가 특히 많이 컸다. 귀농 전에는 아이들과 함께 저녁을 먹는 일이 쉽지 않았는데 산골에서는 매일 함께 머리를 맞대고 밥을 먹는다. 이 시간이 아이들과 속내를 푸는

시간이기도 하다. 일을 열심히 한 선우, 주현이의 볼이 오늘따라
꽃사과처럼 붉다.

농사꾼의 소망

집 바로 위에 있는 달밭은 처음 귀농했을 때 땅이 정말 좋았다. 흙도 거무튀튀한 것이, 부슬부슬 고물처럼 부드럽고 푹신하기까지 했다. 이전에 주인이셨던 할아버지 내외분이 한동안 농사를 짓지 않아서 더욱 좋은 상태로 남을 수 있었다.

처음부터 유기농 농사를 하기에는 더할 나위 없이 좋은 조건이라 망설임 없이 이 터를 샀다. 그런데 농사를 두어 해 지을수록 위쪽 밭에서 물이 나와, 일머리도 모르는 사람이 포크레인을 불러 공사를 하기 시작했다. 누가 와서 어떻게 해보라고 하면 그렇게 하고, 다른 사람이 와서 이렇게 해보라고 하면 그런 줄 알고 다시 공사를 하고, 그런데도 다음 해에 물이 나서 다시 공사하기가 일쑤였다.

작년에는 김승하 님도 큰 휴무관을 묻는 등 물 나오는 것을 해결

해보려고 애써 공사를 해주었다. 덕분에 상태는 많이 좋아졌지만 작물은 여전히 잘 안 되었다. 몇 년 동안 고생만 한 격이다. 그런 일이 반복될 때마다 아내와 어머니는 나무를 심자고 권했지만 내키지가 않았다. 어쨌든 농사를 지어야 한다는 생각도 있었고, 게다가 나무를 심고 키워서 돈이 되려면 몇 년을 기다려야 하는데 그 시간을 어떻게 수입 없이 기다릴 수 있을지 나로서는 쉽게 판단을 내릴 수가 없었다. 나를 따라 무작정 이 산중으로 내려온 가족들…. 남들처럼 호강은 못 시켜줘도 실망은 시키고 싶지 않았다.

올해 또 다시 달밭 농사를 망치고 나니 마음이 착잡했다. 봄에 애들까지 동원해서 골을 타고 비닐을 깔고 고생했는데 결과를 보니 당혹스럽기만 하다. 그럼에도 불구하고 이 밭만은 무슨 수를 써서라도 제대로 살리고 싶다는 오기 비슷한 마음까지 들었다. 무엇을 해야 할까…. 귀농할 때부터 매일같이 출근하며 아내와 땀 흘려 농사를 짓던 곳이라 쉽게 결단을 내리기가 힘들었다.

야콘과 고추 등을 재배할 다른 땅은 있었다. 많은 ㄱ민 끝에 달밭에는 결국 소나무를 심기로 했다. 그 결론을 내기까지 정말 오랜 생각을 했고, 정보가 있는 곳이라면 어디든 달려가 눈동냥과 귀동냥을 했다.

나의 결정에 제일 좋아한 사람은 어머니와 아내였다. 어머니는 자식이 덜 고생할 것 같은 마음에 무조건 찬성이었고, 아내 역시

해마다 작물이 안 되어 낙심하던 나를 안쓰러워하던 터였다.

아내는 하루가 급하다며 밭 정리에 열심이었다. 올해는 가을걷이도 늦게 끝나고 다른 여러 가지 일들이 겹치는 바람에 소나무를 일찍부터 심으려던 계획이 늦어지고 있었다. 나 역시 하루가 짧았다. 밤이 되어서도 비닐을 걷고, 비닐 핀을 일일이 다 빼내고, 고추 지지대를 걷어 한쪽으로 치워놓느라 쉴 틈이 없었다.

그러는 사이 된서리가 몇 번 오고 날이 추워지자 우리 집의 두 후원자(?)들이 더 안달이 났다. 한 그루라도, 한 그루라도 더….

드디어 어제부터 소나무를 옮겨 심기 시작했다. 그것도 저녁이 다 되어서야 일을 시작하다 보니 별과 달을 앞세우고 어둠 속에 밭을 내려왔다.

오늘도 낮에는 다른 일들 때문에 시간이 안 나 오후 늦게부터 소나무를 옮겨 심기 시작했다. 아내와 함께 어제 심던 밭으로 올라가서 거리를 두고 구덩이를 팠다. 내가 소나무를 놓고 삽으로 흙을 덮으면 아내가 쭈그리고 앉아서 호미로 흙을 마저 더 얹었다. 안 해본 일을 당장 배우고 익힌 대로 시작하다 보니 좌충우돌이었다. 삽이 부러지고 추운 날 땀이 줄줄 흘렀다.

우리는 나름의 원칙에 따라 나무에 리본을 묶어 표시를 했다. 나무를 캘 때 흙이 다 떨어져 뿌리만 남은 소나무와, 흙덩이까지 같이 떠 온 소나무 중 나중에 어떤 것이 더 잘 자라는지 관찰하기 위해서였다.

어느덧 날이 어두워지고 달과 별이 떴다. 주위가 깜깜해지자 자동차 라이트를 켜서 조명을 밝혔다. 일단 캐놓은 것은 오늘 다 심고 싶었지만, 도저히 힘들 듯했다. 물론 흙덩이가 붙어 있어서 얼 염려는 없지만 그래도 뿌리가 뽑힌 채 누워 있는 나무들이 안돼 보였다. 결국 나머지는 보온덮개로 잘 덮어주고 돌아서야 했다.

우리는 심은 나무를 한번 더 밟아주었다. 겨울로 가는 계절인 데다가 바람도 세서 뿌리가 흔들릴 염려가 있기 때문이었다. 나무를 두 손으로 붙잡고 흙을 밟아 주며 잘 살라고, 겨울을 잘 나자고 약속을 했다.

아내가 소리를 지른다.

"선우 아빠, 저기 봐! 달 옆에 별이 딱 둘만 나와 있어."

정말 멋있는 풍경이다. 다른 별들은 없이 아주 밝은 별 둘이 나와 있다. 우린 그렇게 별과 달을 벗하며 언덕을 내려왔다. 내가 새해의 꿈을 꾸듯 나무도 자기만의 꿈을 꾸길 바라면서…. 🟩

마음에 찬바람이 드는 날

고추 농사도, 야콘 농사도, 올해는 밭농사가 흉작이다. 그래도 우리 부부로서는 최선이었기에 미련은 없다. 다만 조심스러운 것은 눈에 보이는 농사가 흉흉하다고 마음까지 뒤숭숭해질까 그게 조심스럽다. 그래서 여느 때보다 더 초보농사꾼의 안색을 챙긴다.

그런데 며칠 전에 차 한잔 앞에 두고 초보농사꾼에게 그런 소리를 했다. 귀농하던 해, 이 낯선 곳으로 올 때도 이런 기분은 아니었는데 올 한 해의 끄트머리는 기운이 자꾸 땅속으로 기어 들어간다고. 초보농사꾼이 아니라 내 안색을 챙길 일인가보다.

그게 사실이다. 늘 자신감 있게 굳센 마음으로 달려왔는데, 올해는 한겨울 엿치기하듯 내 속이 뚝 하고 분질러지는 기분이다.

초보농사꾼도 의외라는 듯 쳐다보고 말이 없다. 그러나 나를 잘 안다. 오뚝이처럼 금세 일어서서 나의 꿈을 다시 주머니에 주워 담고 힘차게 걸어가리라는 것을. 그러니 이 마음 상태로 조금쯤은 헤매도 괜찮겠지. 그러다보면 잔뜩 헝클어진 마음이 한 올 한 올 쓰다듬은 차분한 상태로 정돈이 될 것이다.

밭농사는 재미를 못 봤지만, 마음밭만큼은 알차게 가꾸자는 의미에서 오늘은 평소에 미뤄놓았던 화분갈이를 했다. 사랑초가 항아리에서 자손을 번창시켜 진즉에 분갈이를 했어야 하는데, 매번 바쁜 농사일로 밀쳐두었던 터였다. 이제 날이 추워지고 서리도 위협하는지라 낮부터 화분에 손을 대기 시작했다. 준비물은 항아리 하나, 화분 하나, 꽃삽, 그리고 항아리 밑구멍을 막을 깨진 항아리 조각 하나. 항아리에서 사랑초를 빼내어 보니, 그 안에 선물이 들어 있다. 이렇게 작은 알갱이에서 열심히 꽃대를 올려 산골가족에게 보랏빛 이파리와 새하얀 작은 꽃을 선사한 것이다. 사랑초가 기특하여 검고 영양가가 풍부한 흙을 찾아 꼭꼭 눌러 넣어주었다.

저녁밥을 따뜻하게 지어 먹고 나서는 초보농사꾼과 차 한 잔씩 들고 마당으로 나섰다. 산골에 와서 내가 참 좋아하는 시간이다. 산골의 밤은 차분한 목소리로 '괜찮다'는 소리를 들려준다. 이래도 괜찮고, 저래도 괜찮다고만 한다. 내가 틈만 나면 마당에 서는 이유도, 이런 위로가 그리워서다.

산골의 밤은 어머니 손처럼 '약손'이다.

끝없는 도전

제목을 '끝없는 도전'이라고 쓰면서 웃음이 나왔다. 아내가 이 제목을 보면 한마디 할 것 같다.

"끝없는 도전은 무슨, 끝없는 일 저지르기라고 해야지…."

드디어 오늘 야콘을 말리는 데 쓰일 전기건조기가 들어왔다. 아내가 여러 번 반대를 했지만, 나는 아무래도 기계를 들여놓는 것이 낫겠다는 판단이었다. 야콘 농사는 귀농할 때부터 시작했다. 그때는 야콘 농사를 짓는 사람이 거의 없었다. 그래서 모두들 이렇게 한마디씩 했다. 사람들이 잘 알지도 못하는 야콘을 왜 기르느냐고, 선물만 할 걸 뭐하러 또 농사를 짓느냐고.

하지만 나는 우연히 먹어본 야콘의 효능을 잊지 못해, 어떤 어려운 일이 있어도 농사를 짓겠다며 결심을 꺾지 않았고 텔레비전에 출연할 기회가 있을 때마다 야콘을 알렸다. 실제로 지금은 야콘이 당뇨, 변비 등 다양한 질병에 효과가 좋다는 사실이 알려지기 시작했다.

아무튼 올해는 특히 가물었던지라 야콘이 갈라진 것이 많고, 유기농을 오래 하다 보니 굼벵이 먹은 것도 점점 늘어났다. 유기농이 힘든 것을 아는 분들은 일부러 전화해서 굼벵이 먹은 것도 좋으니 그대로 넣어달라고 하기도 하지만, 왜 거죽이 그 모양이냐며 화내는 분들도 있다. 그러다 보니 상품이 되지 못한 야콘들, 그러니까 터지고, 굼벵이 먹고, 부러지고 한 것들이 창고에 너무 많았다.

결국 생각해낸 묘안이 바로 야콘즙과 야콘 슬라이스칩이었다. 야콘즙은 올 2월에, 부담이 있었지만 새 기계를 들여와서 만들기 시작했다. 그런데 야콘이 품절되다 보니 야콘즙은 채 판매를 하기도 전에 상황이 끝이 났다. 그렇게 연초에 야콘즙 만드는 연습을 한 결과, 올해의 야콘즙은 어느 중탕집에서 짠 것보다 맛도, 영양도 좋다고 자부하고 있다.

문제는 칩이다. 야콘은 섬유질과 수분이 많아 말리는 것이 보통 어려운 것이 아니다. 원래 가지고 있던 건조기도 있지만, 야콘만큼은 전용 기계에 말리고 싶어서 원적외선 전기건조기를 한 대 장만하게 된 것이다.

아내는 걱정이 많다. 이 불경기에 야콘즙이나 하면 되지, 또 돈을 들인다고 말이다. 하지만 불경기라고, 산골이라고, 농촌이라고 노력을 접을 수는 없다. 무엇을 해보려고 시도도 하지 않고 안 팔린다고, 시골에 살기 힘들다고, 귀농은 역시 무모한 짓이라고 한탄하는 것은 옳지 않다고 생각한다. 무슨 일이든 끝없이 도전하고, 실패도 해보고, 거기서 배우고, 보람도 얻고 하면서 한 치 키가 자라는 것 아닐까.

아내 말이, 어떤 사람들은 선우네는 서울에 남겨둔 재산이 있어서 그런다고도 한단다. 그러나 귀농하면서 돈 될 만한 것은 죄다 팔고 내려왔다. 어디든 비빌 곳이 있으면 산골의 새 생활에 최선을 다하지 않을 수도 있다는 판단에 아내와 그렇게 합의한 것이다. 무식한 건지, 화끈한 건지 몰라도 그렇게 정리해 온 돈이 바닥이 날 때 조금씩 조금씩 새싹이 나왔다.

오늘, 수석실로 쓰던 곳을 치우고 실내에 새 기계를 들여놓았다. 그래야 위생적으로 잘 관리할 수 있기 때문이다. 결국 수석실은 가공실이 되었다. 기계를 설치하고 나니 이제 열심히 노력할 일만 남았다. 맛과 영양을 그대로 보존하는 것이 최우선과제다. 그렇게 하려면 저온에서 말려야 하니 전기요금도, 수고도 더 들겠지만 지금까지 쌓아 올린 신뢰를 위해서라도 최선을 다하려 한다.

이제 겨울 동안 열심히 일할 거리가 있어서 좋다.

코끝이 찡한 말 한마디

돌배와 돌복숭아를 따는 철이 되었다. 올해는 유난히 돌배에 비해 돌복숭아가 시원찮다. 아마도 해거리를 하거나, 꽃 피는 시절에 비가 많이 와서인지도 모른다. 그래도 눈을 씻고 찾으러 다니면 땀 흘린 값을 할 거라는 생각에 산 속을 뒤지고 다녔다. 돌배와 돌복숭아는 우리가 산야초 효소를 만드는 데 귀한 재료로 쓰인다. 그 수확물을 씻어 효소를 담근다. 수돗가에 내려놓으니 터진 자루 사이로 삐져나오는 산속의 놈들….

아는 형님 한 분이, 깊은 산에서 나무를 탈 때는 혼자 다니지 말고 꼭 아내와 함께 다니라고 당부를 하곤 했다. 산골에서 터를 닦다 보니 옳은 말이다. 깊은 산중에서 혹여 다치기라도 하면 다른 이가 잘 찾아내지도 못하는 깊숙한 골짜기에서 꼼짝 못하고 기다릴 수밖에 없다. 나도 그 말에 십분 공감하지만, 아내는 마침 글 쓰는 일이며 효소 발송작업 때문에 눈코 뜰 새 없이 바쁘다. 그런 아내에게 같이 가자는 말이 안 떨어진다. 혼자 가려고 채비를 하니 무슨 일이 있어도 같이 가야 한다며, 기다리란다. 결국은 세레스에 톱, 갑바, 낫, 큰 대야 등을 싣고 아내와 함께 산을 향해 나섰다. 험한 산꼭대기를 오르느라 덜컹거리는 트럭 안에서도 피곤한 아내는 꾸벅꾸벅 잘도 존다. 그런 아내의 모습이 애잔하기도 하고, 고맙기도 하다.

산속에 도착한 나는 나무에 올라가서 작대기로 열매를 털고 아내는 밑에서 주워 담는 '분업' 을 한다. 워낙 경사가 심한 곳에 있는 돌배나무인지라 아내는 수십 번 산 허리를 오르락내리락하며 돌배를 줍는다. 해가 지기 전에 서둘러야겠다는 생각에 손이 바쁘다. 다시 갑바를 걷어 한참을 더 깊은 골로 들어갔다. 돌복숭아도 땄다.

해가 지기 직전, 차를 멀리에 세워두고 걸어가 작업을 했다. 개복숭아가 있는 곳에는 차가 못들어간다. 산중의 해가 떨어지기 전에 서둘러야 한다. 부지런히 자루들을 어깨에 둘러메고 나르기 시작했다. 아내도 가지고 간 잡동사니며 갑바를 몇 번에 걸쳐 나른다. 간신히 차에 싣고 그 험한 길을 다시 내려가는데 아내가 입을 연다.

"선우 아빠, 내가 왜 급한 일을 두고 따라나섰는지 알아?"

"…."

"물론 손이 하나 더 있는 게 중요하기도 하지만, 더 중요한 이유가 있어. 당신 혼자 그 깊은 산속에 쭈그리고 앉아서 돌배랑 돌복숭아를 줍는다는 생각을 하면 마음이 참 안 좋아. 다리도 쉽게 저리는 체질이라 잘 쭈그려 앉지도 못하는 사람이 어둡기 전에 하나라도 더 줍겠다고 웅크리고 허둥댈 걸 생각하면 마음이 좀 그래. 엊그제 혼자 다녀 온 당신 작업복에 밴 그 땀을 보고, 다짐했지. 절대로 혼자 안 보낸다고…."

"아, 뭐, 저기, 밭에는 혼자 안 가나. 혼자 가서도 이 생각, 저 생각하면서 잘하는데 왜…."

나는 그저 이렇게 얼버무리는 수밖에 없었다.

"밭하고 달라. 내 밭은 당연히 혼자 가서도 재미나게 하고 오지만, 산은 무슨 일이 일어날지 모르는 곳이잖아. 혼자 벌이라도 쏘이면, 뱀이라도 물리면 어떻게 해."

조곤조곤 속삭이는 듯한 아내의 말에 나는 대답 대신 코끝이 찡하도록 하늘을 올려다보았다. 아내와 저녁을 먹으며 처음으로 내 마음을 말했다.

고맙다고, 귀농해서 잘 살아주어 정말 고맙다고…. 🟩

표고버섯의 존재가치

사람이 부여하는 의미라는 것. 더러는 감동과 힘을 주지만, 더러는 발목에 묶은 모래주머니처럼 스스로를 힘겹게 할 때도 있다.

표고버섯을 첫 수확했다. 올 들어 여러 차례, 산 아래 표고목이 서 있는 곳으로 혹시 하는 마음으로 뛰어올라가 그 신기한 물건이 튀어나와 있는지 확인하곤 했다. 그러나 번번이 실망을 하고는 그놈들에게 뒤통수를 보이고 빈 자루를 휘두르며 내려와야 했다. 그릇도 아닌 자루는 왜 매번 그렇게 챙겨 갔는지.

그렇게 몇 번을 헛수고하고 나니, 숨을 할딱이며 뛰어올라가는 횟수가 줄었고 급기야는 내년에나 보자며 다시는 안 올라올 것처럼 작별인사를 하고 쌩 소리 나게 내려왔다. 얼굴이 칼자국처럼 하얗게 갈라진 그 야들야들하고 향긋한 표고버섯을 먹어보는 건 올해는 틀린 일이라고 생각했다. 그러고는 그 근처에 얼씬도 안 했다.

그러던 어느 날, 초보농사꾼이 호수밭 산 아래서 뛰어 내려오며 빨리 올라가보란다. 산에 난리가 났다는 것이다. 산에 난리는 무슨…. 올라가 보니 내가 푸대접한 것이 서러웠는지 표고버섯이 벌써 사발 뚜껑만하게 제 몸을 키우고 있었다.

그것을 처음 따는 순간, 손끝이 파르르 떨렸다. 단순히 '처음'이라는 것 때문은 아니었다. 그보다는 이 표고나무 때문에 한겨울에도 쉬지 못하고, 봄에는 일일이 종균을 넣느라 '테니스엘보'라는 병명까지 얻은 초보농사꾼 때문이었다.

더러 초보농사꾼은 팔의 통증으로 들고 있던 삽을 던지기도 하고, 퇴비 봉투를 떨어뜨리기도 하고, 트랙터로 밭을 갈다가도 핸들을 돌릴 때마다 팔이 아파 트랙터 안에서 그냥 멍하니 앉아 있는 시간이 많았다. 그렇게 병을 얻어가며 기른 표고목에 버섯이 첫 얼굴을 내민 것이다. 그래서 덥석덥석 신나서 따지 못하고 혹여 흠집이라도 날까봐 신생아 다루듯 절절 맸다.

첫 수확한 표고버섯. 깊은 산 아래서 저 혼자 자란 표고버섯이기에 조금씩이라도 이웃들과 나누어 먹기로 했다. 아주 의미 있는 것은 돈 받고 팔기도 아까운 그런 묘한 감정이 있다. 표고버섯을 나누어 먹을 생각을 하니 신바람이 났다. 봉투 봉투 담아 직접 건네기도 하고, 홈에 오시는 분들에게 택배로 조금씩 보내드렸다.

일부는 눈 내리는 겨울에 먹으려고 태양 아래 바짝 일광욕을 시키기로 했다. 먼저 돗자리를 찾아, 그것을 깨끗이 물로 닦아서 태양 아래 세웠다. 시골에서는 무엇 하나 하려면 손이 많이 간다. 돗자리의 물기가 다 마른 것을 확인한 후 막 따온 표고버섯을 줄 세워 눕혔다.

하루가 다르게 태양 아래 여물어갈 표고버섯을 생각하니 절로 뿌듯하다. 당분간은 그동안의 소홀함을 만회할 겸 매일 그곳으로 출근하여 문안인사를 해야겠다.

당신 논밭의 궁합은 어떻습니까?

우리 집은 내 길다란 땅 중에서도 허리 부분에 다소곳이 들어 앉아 있다. 차 타고 가는 밭도 있지만 집 아래위로 붙은 밭과 논만 다 합쳐서 6천 평이고, 집으로 올라오는 왼쪽으로 층층이 세 다랑 의 논이 있다.

귀농 첫 해부터 그 논을 부쳤고, 일부 밭에 고추를 심었다. 다음 해에는 나머지 밭도 모두 작물을 들여앉혔다. 초보 주제에 겁도 없 이 빈 공간 하나 안 두고 심었다. 어쩌면 도시에서 가져온 욕심이 그대로 작용한 결과였는지도 모른다. 논에 심을 모도 일일이 상토 를 사다가 모판에 뿌린 후 키워 심었다. 사람들은 논농사는 논둑 관리만 잘하면 되는 쉬운 농사라고 입을 모았다. 내가 생각해도 밭 농사에 비하면 거저먹기로 보였다.

그래서 이웃 분께 논둑 바르는 기술을 전수받았다. 논물이 많이 흘러 들어가면 논둑이 터지므로 그렇게 되지 않도록 논둑을 두껍게 만들고 많은 물이 유입되었을 때는 흘러넘칠 수 있도록 문도 잘 만들어주어야 한다고 했다. 그렇게 전수받은 내 논둑 바르는 기술은 마을 어르신들도 점수를 후하게 주실 정도였다. 어깨에 바짝 힘을 주며 논농사 별거 아니라고 웃음까지 흘렸다.

그런데 웬걸, 내가 아주 약한 부분이 있었으니 바로 물 조절하는 것이었다. 물이 많이 유입되면 물길을 열고, 적당하면 닫아주고 해야 하는데 천성이 꼼꼼하지 않은 나로서는 여간 어려운 일이 아니었다. 비가 왔다 하면 그 물 조절을 못해 논둑을 터뜨리고, 무너진 뚝 복구하는 일에 대부분의 에너지가 소모되었다.

게다가 우리 논은 세 다랑 전부 논과 논 사이의 논둑 높이가 아주 높아서 한번 터졌다 하면 삽이 아닌 포크레인을 불러야 해결할 수 있는 정도였다. 1년에 한 번만 터뜨려도 포크레인 경비 제하고 나면 남는 것이 없는데, 포크레인 공사 끝나고 하루 만에 또 논둑을 터뜨린 적도 있다. 포크레인 떠나고 뒤돌아본 사이 터졌다고 보면 된다.

논에서 피 뽑고 물 조절하는 데 신경을 쓰지 못하고 논둑 복구공사에만 매달리고 있으니, 어느덧 피와 벼가 섞여 놀고 있고 등골은 등골대로 빠지는 경험을 몇 해 하고서 결국 논농사를 접었다.

지금도 사람들은 저마다 한마디씩 한다. 그 쉬운 논농사 두고 힘든 밭농사만 짓는다고. 그런데 난 그 쉬운 논농사 이야기만 들어도 고개를 절로 내저을 정도다. 농사와 사람 사이에도 궁합이 있는가 보다.

남편 없을 때 해치우기

산골에는 모든 것이 한 박자 늦게 돌아간다. 이것도 '느림의 미학'이라고 하면 오버인가 모르겠다. 그 느린 자연에 얹혀사는 산골가족 또한 배우는 것이 많다 보니 좋은 스승을 만난 것에 대한 감사의 마음이야 늘 넘치고 넘쳐난다. 가끔은 병풍처럼 둘러쳐진 오두막 주위의 풍광에다 대고 하루에도 서너 번씩 머리를 조아려도 본다.

지금 산중은 생강나무꽃이 한창이다. 산골에서 제일 먼저 핌을 준비하는 꽃도 생강나무꽃이고, 피어서 오래오래 그 앙증맞음을 유지하는 꽃도 생강나무꽃이다.

::::

시어머님이 다리수술을 하셔서, 어제 초보농사꾼이 서울에 갔다. 매일 전화로 산골의 안부를 묻던 분의 전화가 안 오는 게 이상해서 시누이에게 물었더니, 다리 통증 때문에 수술을 하셨단다. 아무리 레이저로 하는 수술이라도 어른이 놀라셨을 텐데, 산골 사는 아들이 걱정할까봐 그런 일은 절대로 알리려 하시질 않는다. 당장이라도 서울 가서 뵙겠다는 아들을 말리신다. 사실 아들이 달랑 하나이니, 둘이 함께 가서 뵈어야 한다는 것을 알면서도 산골사정이란 게 내 의지대로 할 만큼 여의치가 않았다. 고민 끝에 초보농사꾼이 먼저 올라가 뵙기로 했다.

사실 초보농사꾼도 '테니스엘보(본인은 농사엘보란다)'가 너무 심해 한창 고생 중이다. 통증클리닉은 물론 한의원에도 가보았지만 한 달이 넘도록 차도가 전혀 없다. 농사일은 지금 한창 핀 진달래처럼 널브러져 있는데 답답한 노릇이다. 이 때문에 더 초보농사꾼더러 먼저 어머니께 가라며 등을 떠밀었다. 남편이 없는 틈에 거름을 펼 요량이었다. 옆에 있으면 절대 손을 대지도 못하게 할 테니, 없는 틈에 해치울 요량이었다.

남편이 서울로 떠난 아침, 서둘러 답운재밭으로 갔다. 삽 한 자루와 챙이 큰 모자, 장화와 장갑을 챙기고, 밭에 갈 때마다 챙겨 가는 필수품(책, 필통, 묵주, 그리고 선우, 주현이 기도를 할 때 필요한 두 놈을 상징하는 인형들)을 차에 싣고서 밭에 도착하니, 시작도 하기 전부터

숨이 탁 막혔다. 이 넓은 밭을
내가 해낼 수 있을까?

일단 첫 삽을 떴다. 이 정도
속도면 반은 할 수 있지 않을
까. 이 밭 뒤에는 비슷한 크기
의 큰 밭 또 하나가 나를 기다
리고 있었다. 들기도 힘든 사
각 삽에 퇴비를 가득 담아 콩고물 뿌리듯 땅에 고루고루 뿌렸다.
너무 힘이 들면 차 옆 조막만한 그늘에 펴둔 돗자리에 앉아 책도
몇 쪽 읽고, 강아지와 염소 인형을 보면서 아이들을 위한 기도도
했다. 그렇게 조금 쉬고 나면 알 수 없는 힘이 가슴에서 꿈틀거리
기 시작하여 다시 밭으로 내려가 삽을 쥐게 했다.

삽질에도 리듬과 거리감각과 눈대중이 필요한 법인데, 내가 해
놓은 것을 보니 꼭 밭에다가 실수로 퇴비를 흩트려놓은 것 같다.
공부하면서 시험범위까지 남은 분량이 얼마인지 자꾸 책장을 뒤로
넘기며 세어보는 아이처럼, 몇 삽 푸고 남은 밭을 확인하고, 몇 삽
뿌리고 확인하기를 계속했다. 오두막보다 답운재밭이 더 따뜻한지
벌노랑꽃이 피어 나를 응원한다. 나중에는 지칠 대로 지친 팔이 반
기계적으로 돌아가기 시작했다. 어느덧 해가 산 정수리를 넘어가
면서 어서 짐 챙겨 집으로 가라고 재촉한다. 그 시간이 되면 바로
좌판을 걷고 그날 장사를 끝내는 것이 산골의 불문율이다.

서울에 다녀온 초보농사꾼이 어머님 상태가 생각보다 좋다며 기쁜 소식을 전했다. 그가 산골에서의 내 행적을 묻는다. 화제를 돌리며 얼버무리다가 내일 퇴비를 뿌리러 가면 금방 알 것 같아 사실대로 말했다. 처음에는 왜 시키지도 않은 일을 하느냐며 소리를 지르더니, 이내 담배를 물고는 마당으로 나간다. 한참 만에 들어온 초보농사꾼이 한층 잦아든 목소리로, 자기 팔이 조금만 나으면 어련히 알아서 할까봐 자기 없을 때 퇴비를 펴느냐고 웅얼거린다.

　다음 날, 초보농사꾼의 볼멘소리를 뒤로 하고, 어제 하다가 두고 온 일을 하러 답운재밭으로 향했다. 초보농사꾼에게는 다른 숙제를 주어 답운재밭 근처로 얼씬도 못하게 해놓고 묵묵히 퇴비를 뿌리는데, 생경스럽게 움직인 근육이라 생각처럼 진도가 나가지 않는다. 몸은 천근만근인데 나를 기다리고 있는 밭은 너무도 넓다.

　이웃의 초대로 간 저녁식사 자리, 내 사정을 듣고는 단박에 나무란다. 남편이 아프면 이웃에서 조금씩 도우면 될 일을 꼭 혼자 하느라 끙끙거린다며 한소리씩 한다. 결국 다음 날 이웃들의 도움으로 그 끝날 것 같지 않던 퇴비 뿌리기가 막을 내렸다.

　비가 오려는지 하늘엔 별이 많지 않다. 혹시 내가 퇴비 펴는 모습을 숨어서 지켜보다 자기들도 온몸에 알이 밴 게 아닌지. 어서 초보농사꾼 팔이 나아 이웃도 돕고, 웃으며 둘이서 퇴비 펼 날을 기다리고 있다. 🔲

주현이는 대기조

오늘은 어버이날이라 아내가 서울에 계신 어머니와 전화를 길게 한다. 어버이날인데 찾아뵙지 못해 마음이 아주 불편한 모양이다. 나 역시 장모님께 전화를 드렸다. 우리의 귀농을 제일 반대하고 안타까워하신 분들이 양가 어머님들이셨으니 오늘 같은 날 우리의 마음이 편치 않은 것은 어쩔 수 없다.

어버이날은 마을회관에서 행사가 열린다. 매해 어버이날 마을 젊은이들이 어르신들을 모시고 점심을 대접한다. 아내도 서둘러 앞치마 두르고 마을로 내려간다. 전에는 차를 가지고 가더니 오늘은 걸어서 간다. 날이 날인 만큼, 이런저런 생각을 하며 가고 싶었던 모양이다.

오늘 나는 호수밭과 달밭의 트랙터를 쳤다. 호수밭은 워낙 경사가 심해서 거의 절벽 같다. 마을 어르신들도 이렇게 경사 지고 위험한 곳에 농사를 열심히 짓는다며 힘을 실어주시곤 한다. 트랙터를 치고 나서 점심때는 어르신들과 함께 점심을 먹기 위해 나도 잠시 마을회관에 들렀다. 연봉 5만 원 받는 새밭 반장이니 더더욱 빠질 수가 없다. 워낙 바쁜 농사철이라 젊은 남자들은 식사를 하고 이내 일어서야 했다.

오늘 트랙터를 다 쳐야 다음 준비를 할 수가 있다. 골도 타고 비닐도 깔아야 한다. 비닐 까는 일은 혼자 하지 못해 품을 사야 하는

데 시간 맞추기가 쉽지 않다. 올해는 거름도 일찍 펴고 준비를 서두르고 있는데, 모든 것이 내 예상대로 순조롭게 진행되려면 비닐 펴는 일부터 막힘이 없어야 한다.

호수밭과 달밭을 쉬지 않고 트랙터로 갈고는 집 옆으로 나 있는 텃밭을 갈기로 했다. 이곳은 혼자서는 안 된다. 밭이 경사가 져서도 아니고 넓어서도 아니다. 집 옆의 두꺼비집에는 화장실로 연결된 전선과 전화선 등 온갖 전선들이 정신없이 늘어져 있다. 트랙터로 마구 돌아다니다가는 다 끊어먹기 십상이다. 귀농 7년차면 이정도는 저절로 알아야 할 일이다.

그래서 이 조그만 텃밭을 갈려면 우리 집 작은 일꾼의 손을 빌려야 한다. 주현이는 내가 신호를 주면 달려와서 전깃줄 올리는 역할을 맡았다. 대기조 주현이가 갈고리를 손에 든 채 제 엄마와 장난을 치며 내 신호를 기다리고 있다.

　　오늘 날이 얼마나 뜨거운지 진종일 땀을 흠뻑 쏟으며 일 한번 제대로 한 것 같다. 저녁에 주현이가 아내와 내 발을 씻어주었다.

　　"우리 주현이가 철들었네."

　　"아빠, 어버이날 숙제예요."

　　설령 숙제일지라도 하루의 고단함이 다 풀리는 듯하다. 농사꾼이 제일 뿌듯한 시간이 바로 이 순간이다. 땀내 나는 작업복을 벗고 씻고 나서 시원한 바람을 맞으며 하늘을 볼 때….

송이산을 울리는 목소리

사계절 중 가을이 존재하는 것은 한 해를 보내기 전에 충분히 영혼을 숙성시키라는 신의 배려가 아닐까. 영혼을 숙성시키기 위해서는 충분히 외로워야 하고, 괴로워야 하고, 허전해야 한다. 그리고 침묵해야 하고, 영혼이 뿌리째 뒤흔들리도록 울어야 한다. 그래야만 가슴을 비우고 다시 한 해를 시작할 수 있다. 그러니 외롭고 괴롭고 허전힐 시긴, 침묵하고 울 시긴이 없는 사람들은 불쌍하다. 가을은 내 안을 들여다보고 간수하기도 벅찬 계절이다.

::::

지금은 송이가 나는 철이다. 송이는 재배가 불가능하기 때문에 그 값이 아주 비싸다. 그래서 이곳 사람들에게 송이는 크게 노력하지 않고도 거저 얻을 수 있는 은혜로운 수입원이다. 자기 송이산에 행여 도둑이 들까봐 줄을 치고, 텐트를 치고 자면서 산을 지키기도 한다. 남의 송이산에 들어가면 '절도죄'에 해당된다고 한다.

그렇기에 이곳 사람들은 송이산에 누구도 출입을 허용하지 않는다. '송이 나는 곳은 아들도 안 알려준다'는 말까지 있다는 것을 여기에 와서 알았다. 우리도 송이산이 있어서 해마다 채취를 한다. 올해는 그동안 신세를 진 분들에게 체험할 수 있는 기회를 몇 번 제공하기도 했다.

오늘은 박씨 일가가 송이산에 올랐다. 선우가 유행성 눈병에 걸렸다고 초보농사꾼이 데리고 송이산 전체를 돌다가 오겠단다. 소나무숲을 돌다 보면 눈병쯤은 거뜬해진다고 큰소리를 치고 나서는 초보농사꾼. 선무당이 사람 잡는다고 그러다 애 잡는 것은 아닌지 모르겠다.

선우, 주현이는 알아서 장화를 챙겨 신고 지팡이까지 챙긴다. 사실 초보농사꾼이 애들을 앞세우는 이유는 송이를 따려는 것보다도 소나무숲을 돌며 애들과 교감을 나누고 싶어서일 것이다. 표현이 세세하지 못한 사람이다 보니 이런 일을 빙자해서 아이들의 속내를 자주 떠본다는 것을 나는 안다.

얼마 후 집 앞마당에 서니 송이산에서 세 박씨들의 환호성이 들렸다가, 두런거리며 대화하는 소리가 들렸다가, 자기가 딴 것이 크

다며 서로 우겨대는 소리가 들렸다가, 숲속이 시끌벅적하다. 집 옆이 바로 송이산이라서 산속 소리가 다 들린다. 나도 후발로 따라나섰다.

여섯 개나 되는 송이가 머리만 내밀고 있다가 산골아이들에게 들켰다. 아이들은 대뜸 따지 못한다. 아마도 목을 내미는 송이를 보면서 자연의 신비로움과 경이로움에 한창 설레었을 것이다. 이 산중은 아이들에게 그 무엇보다 귀중한 교육장이다.

가만가만 송이를 따면서 그들은 무슨 생각을 했을까. 초보농사꾼은 말이 많은 편이 아니니 아이들은 말하고, 그는 들었을 것이다. 이곳에서는 쓴 잔소리를 늘어놓는 대신, 아이들의 이야기에 귀를 기울이게 된다. 그렇게 아이들은 말하고 어미 아비는 듣는다. 나중에 아이들이 성장하여 송이 철이 되면 제 아비와 땀 냄새 풍기며 산에서 두런거렸던 그 음성을 기억할 것이며, 그 숲 향기를 기억하며 코를 발름거릴 것이다.

나는 손님이 온다고 하여 먼저 내려왔고 나중에서야 박씨 일가가 하산을 했다. 멀리서 부르는 소리가 쩌렁쩌렁한 것으로 보아 수확물이 좀 되는가 보다. 내다보니 세 사람 어깨에 힘이 바짝 들어가 있다.

아이들과 딴 송이는 일부만 남기고 내다 팔았다. 송이 판 돈을 모아서 유럽여행을 가려고 한다. 아마 몇 년은 모아야 할 것이다. 아이들과 귀농하면서 약속한 것 중 하나가 무슨 일이 있어도 1년에 한 번씩 다른 나라를 보고 느끼고 오자는 것이었다. 해마다 어찌어찌 약속을 지키고는 있지만 유럽여행은 경비가 만만치 않으니 내년에도, 후년에도 송이 판 돈을 여물게 모아 가려고 한다. 그러면 아이들도 여행경비를 만드는 일에 스스로 일조했다는 뿌듯함을 느낄 수 있어 일석이조다.

　소나무숲을 진종일 헤맨 아이들이 자고 있다. 자연은 아이들을 고요와 희망 속으로도 초대하고, 두려움 속으로도 초대한다. 그뿐만이 아니다. 자연은 아이들에게 앞으로의 세상살이가 섭섭지 않도록 여러 자양분을 끊임없이 공급해줄 것이다. 약산초

호수밭과 씨름하다

산골로 오고 나서는 아침마다 식사를 끝내고 아내와 커피 한 잔을 마시며 오늘의 할 일을 상의하는 것이 일과다. 귀농하기 전에는 아침을 안 먹고 다녔다. 아침을 먹으면 장이 안 좋아서인지 출근하다가 부랴부랴 어디라도 들러서 볼일을 봐야 하는 일이 생기곤 했다. 그런 이유로 아침엔 아내가 주는 사과 몇 조각과 빵 하나가 식사의 전부였다. 술을 진탕 마신 다음 날 아침에는 그마저도 거르고 걱걱대며 출근을 하곤 했다. 아침의 상쾌함이나 하루 설계 같은 것은 꿈도 꿀 수 없었던 생활이다.

산골로 와서는 그런 것이 된다. 아침마다 상쾌함을 피부로 느끼고, 여유롭게 하루 설계를 한다. 오늘은 아내가 머위를 뜯는다고 하기에 한두 시간만 그렇게 하고 나머지 시간은 나를 도와달라고 했다. 오늘 내가 할 일은 경사가 가파르기로 유명한 호수밭의 골을 타는 것인데, 한 사람은 관리기가 뒤집어지지 않도록 아래에서 떠받쳐주어야 한다. 일단은 아내가 올 때까지 혼자 골을 탔다. 그나마 평평한 곳을 작업하는데도 관리기가 벌써 뒤집어지려고 들썩인다.

혼자서 관리기와 사투를 벌이는데 아내가 부랴부랴 뛰어왔다. 그때부터 난 관리기를 끌고, 아내는 관리기를 떠받치고 골을 타기 시작했다. 관리기를 상전 모시듯 한다는 표현이 딱 맞을 것이다.

몇 년 전에 처음 관리기를 사용할 때는 초등학생이던 선우와 아내와 함께 하루 종일 관리기를 모시고 다니며 쩔쩔맸다. 지금은 그때보다 조금 나아졌다고 하지만, 경사가 심한 밭에서는 어떤 기술도 속수무책이다. 아래로 구르려는 놈을 용을 써서 잡아 올리고, 본체에 무리가 가지 않도록 손잡이 부분에 힘을 주도록 신경을 써야 한다.

그래도 이 밭을 포기 못하는 것은 땅이 좋아서이기도 하지만, 농사꾼이 땅을 놀린다는 것 자체가 마음이 편하지 않기 때문이다.

한 골을 마치고 나면 마치 내가 소가 되어 골을 탄 것처럼 온몸에 힘이 빠진다. 오늘 호수밭과 달밭의 골을 다 타려고 했는데 결국은 호수밭만 간신히 끝냈다. 계획대로 마무리하진 못했지만 산골의 일은 후회가 없다. 최선을 다했으니까. 일단 하루 일이 끝났으니 목도 축일 겸 마을 입구에 있는 참새 방앗간(?)에서 막걸리를 마시는 것으로 하루를 마무리했다.

산골아이들의 야콘 캐기 알바

산에 살다보면 산의 모든 언행에 눈치를 보게 된다. 그들이 바람과 놀아나는 소리에도 그렇고, 한겨울 욕심껏 눈을 받아들이다 큰 나무의 사지가 찢어지는 소리에도 그렇고, 어느 봄날 내가 사는 마당까지 송홧가루 폴폴 날리는 모습에도 그렇고, 숲이 비를 맞는 소리에도 그렇다. 산골에 얹혀사는 우리가 그들의 눈치를 보는 건 어쩌면 아주 당연한 일이다. 그 눈치는 사람을 맑은 곳으로 이끄는 오솔길과 같으니까!

::::

올해는 답운재밭과 호수밭 전체에 야콘을 심었다. 귀농 때부터 심은 야콘이라 이제는 줄기만 봐도 흙 아랫도리에 얼마만한 옥동자를 품고 있는지 감을 잡을 수 있게 되었다. 답운재밭의 야콘은 10월말부터 캐기 시작하여 다 캤고 이제는 호수밭의 야콘만 캐면 된다.

그러나 호수밭의 야콘이 만만치가 않다. 호수밭은 경사가 아주 급해서 봄에 트랙터로 흙을 갈아엎기도 힘들고, 골을 타기도, 비닐을 펴기도 힘들다.

귀농 초에 초보농사꾼이 경운기에 커다란 똥통을 싣고 기세등등하게 올라가다 경운기가 똥통과 함께 나동그라진 곳도 바로 이 호수밭이다. 사람이 경운기에서 바로 뛰어 내렸으니 다행이지, 큰일 날 뻔했던 일로 초보농사꾼의 '귀농사(歸農史)'에 기록되어 있다.

오늘은 휴일이라 선우, 주현이를 앞세우고 야콘을 캐러 올라가기로 했다. 초보농사꾼은 물 공사를 해야 하기 때문에 우리들이 나서기로 한 것이다. 남편은 아이들과 내가 캐면 얼마나 캐겠냐며 품을 살 때까지 그냥 놔두라고 만류했지만, 뒤로 흘렸다.

아이들에게 밭으로 가기 전에 왜 셋이서 캐야 하는지를 설명했다. 얼마 되지는 않겠지만 아빠를 조금이라도 도와드리는 것이 좋을 것 같다고 했다. 애들도 군소리 하나 없이 작업복으로 무장을 하고는 빨리 가서 많이 캐보자고 서두른다.

야콘 캐는 법을 들은 아이들은 설명이 끝나자마자 일에 돌입했다. 선우는 요령이 없으니 진도가 안 나가는데, 주현이는 요령을 금방 터득해서 나보다도 저만치 앞질러 간다.

• 고집 센 야콘 때문에 애를 먹는 아이들
•• 참을 먹은 후 갈대밭에서 휴식을 취한다

선우가 허리를 있는 대로 접고 아예 무릎을 꿇고서 얼굴을 땅에 묻고 있다. 왜 그러고 있느냐 하니 야콘 하나가 박혀 잘 안 나오는데 그냥 잡아 뽑으면 아빠가 고생해서 키운 야콘이 부러질까봐 그런단다.

주현이도 마찬가지다. 엄마보다 더 정성스럽게 야콘을 다룬다. 아이들은 그래서 순수하다고 하나 보다. 어쩌다 하나라도 부러지면 얼굴빛이 영 말이 아니다. 무슨 큰 죄를 지은 것 같은 후회의 표정이 역력하다.

"얘들아, 쉬는 시간이다."

"엄마, 우린 쉬는 시간에 참 안 줘?"

주현이가 배가 고픈가보다. 참으로 가져간 빵을 주었더니 흙에 주저앉아 빵을 먹는 아이들. 참을 먹고 난 아이들은 노는 시간이라며 갈대숲으로 간다. 가을 숲을 배경으로 갈대와 장난을 치는 아이들의 모습이 맑게 빛난다.

작업은 밤까지 이어지고, 기온이 뚝 떨어졌는데도 아이들은 싫은 내색을 하지 않는다. 콧노래까지 부르며 잘도 일을 하고 있다. 캐는 작업을 그만 마무리하고 야콘을 일일이 따서 선별한 다음 박스에 넣는 일이 시작되었다.

날이 어찌나 추운지 입이 얼어붙을 지경이다. 산골은 초겨울이 더 춥게 느껴진다. 게다가 산속의 밭이라 더 그렇다. 아이들을 보니 장화를 신었다. 이런 날 장화를 신으면 발이 시려서 나중에는 감각이 없어질 정도다. 그래도 아무 말 없는 아이들이 기특하다.

잠시 후 초보농사꾼이 와서 야콘 상자를 차에 실어주었다. 경사가 너무 심해서 차를 타고 내려가면 혹여 구를 수 있으니 나와 아이들더러 걸어내려 오란다. 초보농사꾼은 희미한 라이트에 의지해서 거북이 걸음으로 그 경사 밭을 내려온다.

우리 셋이서 밤하늘을 보며 내려오는 길. 선우가 예전에 보았던 아름다운 밤하늘의 구름 이야기를 했다. 눈물이 날 정도로 아름다웠다고, 그걸 한 번 더 보고 싶다고 한다.

아이들은 나도 모르는 사이에 가슴에 많은 추억을 간직한 모양이다. 아마 선우는 오늘의 추억도 마음 깊이 잘 저장했다가 어른이 되었을 때 꺼내어 볼 것이다. ▨

행복한 땀 냄새

비가 그치자마자 내비치는 햇살이 너무 뜨겁다. 인근 봉화 지역은 큰 피해가 나서 난리라고 방송에서 아우성이다. 그런 소식을 들을 때면 참 안타깝고 남의 일 같지가 않다. 나도 똑같은 일을 당해봤기 때문이다.

밭이 여러 지역에 있다 보니 원정을 많이 다니게 되는데, 집 근처 밭에서 일을 할 때에는 물이며 새참을 집에서 올려다 먹거나 내가 내려서서 먹으면 그만이지만 원정을 다닐 때는 그게 아니다. 참을 야무지게 챙겨 가는 성격도 아니라서 헉헉거리며 일하다가 대충 먹고는 집으로 돌아가는 길에 소위 방앗간에 들러 마을분들과 막걸리 한잔으로 목을 축이는 것을 상상하며 참는다.

그렇게 온몸이 땀에 절어 덕거리에 도착해서, 마을 입구에 있는

유 이장님 댁에서 시원한 막걸리를 한잔 들이켜면, 땀에 젖은 내 몸에서 풍겨 오는 땀 냄새가 나를 깨운다. 남들은 지저분하다고 생각할지 모르지만 나는 내 땀 냄새가 참 좋다.

도시의 찌든 사회에서 잔머리 굴리다가 흘리는 땀 냄새와는 질과 향이 다르다. 자연과 온몸으로 하나되려는 순수한 신념 하에 흘린 땀이기 때문에 나는 그 냄새가 좋다.

내 몸에서 나는 땀 냄새를 맡을 때, 내 삶의 실체를 바로 볼 수 있고 지금 내가 서 있는 위치를 네비게이션보다 더 정확히 파악할 수 있다. 귀농하지 않았다면 체험하고 깨닫지 못했을 일들이 한둘일까마는, 그 중 하나가 바로 이 땀 냄새다.

오늘도 방앗간에 들러 어르신들과 막걸리 한 사발을 앞에 놓고 마을 돌아가는 이야기를 나누다 왔다. 낮의 따가운 햇살은 어디로 숨고 선선한 저녁 향기가 깔린 나의 둥지로 올라가는 길은 또한 나만의 묵상터가 되기에 충분하다.

나무꾼들의 뒤풀이

추석 연휴가 시작되었다. 서울에서 어머니가 오셔서 차례를 지
내고 농사일까지 도와주고 계신다. 일이 바쁘긴 하지만 아이들이
집 안에서만 연휴를 보내는 모습을 못 보는 나로서는 궁리를 안 할
수가 없다. 그래서 생각해낸 것이 함께 나무하러 가는 것이었다.

아이들은 내 계획을 듣더니 썩 반가워하지는 않지만 집안일을 돕
는 것은 당연한 것이 우리집 불문율이다 보니 한 놈 두 놈 작업 버
전으로 돌입한다.

귀농하고 아이들에게 이런 말을 했다. 부모가 어려운 일, 급한
일, 힘든 일을 당하면 당연히 너희들도 동참을 해야 한다고. 그러
니 엄마 아빠가 일을 도와달라고 하면 가족으로서 당연히 도와야
한다고. 부모가 어렵든 힘들든 자기 일 아니라고 생각하는 아이,

다른 일은 나 몰라라 하고 공부만 하면 된다고 생각하는 아이, 그러다 사회에 나가 어려운 일 당하면 스스로 해결하지 못하고 부모나 환경 탓을 하는 아이로 키우고 싶지는 않았던 것이 솔직한 속내였다.

준비를 한번 시작하면 주현이는 또 못 말린다. 모자며, 카메라, 물이며, 장갑이며, 본 것은 많아서 알아서 척척 챙긴다. 그렇게 해서 아내가 잘 쓰는 표현대로 '박씨 일가'만 세레스를 타고 답운재 밭으로 출발했다. 그곳 계곡 한쪽에 수해 때 쓰러진 나무들이 몇 그루 있다. 그것을 잘라 싣는 일이 오늘의 미션이다. 말은 쉬운데 문제는 개울을 건넌 다음, 언덕을 기어 올라와 차에 실어야 한다는 거다. 보통 문제가 아니다.

애들이 처음부터 경기를 하지 않도록 쉬운 것부터 맛을 보이기로 속으로 작전을 세웠다. 선우는 세레스에 제 팔뚝보다 가느다란 나무토막이 올려진 것을 보더니 '이쯤이야' 하는 표정이다. 이 정도로 끝나면 좋겠지만…. 기다려라, 아들아! 점점 둘레가 굵어지는 나무를 보더니 선우의 표정이 어두워지기 시작한다. 저 생각 깊은 놈이 속으로 무슨 생각을 했을까. 일단 작전회의를 열고 오늘의 난제를 어찌 해결해야 하는지 의논에 들어갔다.

제법 큰 토막이 나오니 나도 질린다. 어떻게 들고 개울을 건너나 싶어 막막하다. 그런데 선우가 제법 밥값을 하는 게 아닌가.

선우가 거들어 어깨에 올리기까지는 했는데, 문제는 개울을 건너서 차에 싣는 일. 미리 겁먹을 것은 없다. 하나 둘, 그렇게 하다 보니 제법 마무리 단계에 들어섰다.

모르는 사람들은 저 정도면 겨울을 나겠지 할 테지만 며칠거리밖에 안 된다. 아침저녁으로 기온차가 크다 보니 나무를 많이 땐다. 기름값도 비싼데 굳이 불을 꺼뜨려 기름보일러가 돌아가게 해서는 안 되는 일이고, 굵은 나무를 때다 보니 한번 불을 꺼뜨리면 불붙이기도 여간 어려운 것이 아니다. 가을이라지만 산중은 진종일 불을 때는 계절이다.

그래도 며칠 양식을 했다는 뿌듯함은 참으로 크다. 너희들 덕분에 땔감을 많이 했다고 한껏 칭찬을 해주었다. 그냥 하는 칭찬이 아니라 오늘 선우는 엄청난 공로를 세웠다. 이렇게 고생을 한 박씨 2세들에게 그냥 입을 닦으면 산골 아빠가 아니지. 그래서 뒤풀이를 시작했다.

뒤풀이의 주제는 '개울에서 고기 잡기'. 역시 애들은 애들이나. 방금 전까지 힘들다고 헉헉거리더니 이내 표정이 가을 하늘이다. 과연 고기가 있을까 했는데 아빠를 돕느라 땀 흘린 아이들을 하늘도 기특하게 여기셨는지 고기를 잡을 수 있었다.

주현이는 신바람이 나서 이리 뛰고 저리 뛰고 한다. 사실 주현이는 찍사 노릇만 한 것 같은데 뒤풀이 때는 제일 흥이 났다. 아이들

• 부자가 힘을 합쳐 나무를 옮기고 있다
•• 물고기, 그들만의 세상

은 고기를 어디에 담아 가서 엄마를 보여드리느냐고 걱정이다.

　'이럴 때를 대비해서 아빠가 평소 밭가에서 막걸리를 먹었다는 것 아니냐.'

　반 토막 난 막걸리 병에 들어앉은 고기들이 그렇게 평화로워 보일 수가 없다. 아이들의 표정도 점점 자연의 낯으로 바뀌는 게 보인다. 막걸리 병 속의 고기는 세 마리. 오늘 산골오두막의 땔감을 준비한 사람도 세 명. 짝이 맞는 하루다. 세레스에 실린 나무들을 보니 이 무거운 것들을 어떻게 실었을까, 새삼 놀랍다.

집으로 돌아오는 길. 선우와 주현이의 어깨에는 하루 밥값의 흐뭇함과 자랑스러움이 얹혀 있다. 집에 오니 어머니와 아내가 세레스 위의 땔감에 눈을 못 떼며 정말 셋이서 이 많은 나무를 했느냐고 놀란다. 아이들은 그 말에 어깨에 힘을 더 바짝 주고 눈을 아래로 깔고 서 있다. 어머니는 아빠를 도와주는 우리 손자손녀가 이렇게 고마울 수가 없다며 눈물을 글썽이신다. 우리가 물고기까지 잡았다는 이야기를 듣더니 아내는 이렇게 놀린다.

"당신, 자연 가까이 살다보니 많이 변했네. 애들이랑 고기 잡을 생각도 다하고. 자연의 힘이 정말 대단하다."

해온 나무를 내리는 데 한참 애를 먹었다. 내리는 일이 훨씬 쉬운데 왜 그럴까 생각하니 아무래도 신장이 풀려서 그런 것 같다. 어떤 일이든 시작할 때는 꼭 해내야 한다는 긴장감이 작용을 하는데 마무리할 때는 그런 마음가짐이 다 풀어져 더 쉬운 일도 힘이 배로 든다.

아이들은 이번 추석 연휴를 어떤 그림으로 기억 속에 저장해둘까 궁금해진다.

추억 만들기

초보농사꾼은 성당에 다녀오자마자 작업복으로 갈아입고
는, 주일이니 나더러 아이들과 집에 있으라는 말만 뿌린 채 답운재
밭으로 향했다.

아이들과 나는 오랜만에 독서토론을 했다. 요즘 두 놈 다 읽은
책이 『몬테크리스토 백작』이었기 때문에 토론을 벌이기도 좋았다.
둘 다 읽고 난 소감이 다르고 느낌이 달라 각자의 의견을 토론한
뒤 글로 쓰기로 했다. 그 사이 난 같은 상에서 책을 읽었다. 모두
가 진지하다.

오늘의 할 일 또 한 가지는, 나무 가꾸기다. 오두막으로 들어오
는 비포장 진입로에 매실나무를 이식하고, 또 우체통 주변의 원추
리도 포기 나누기를 해주어야 한다. 직접 퇴비를 묻어주고 물도 준

나무와 꽃들이 자라는 것을 보는 것도 교육이라 생각해, 부러 아이들 몫의 일을 남겨두었다.

아이들을 집합시켜놓고 오늘의 미션을 설명하니 둘 다 시큰둥한 표정이다. 볼멘소리로 "알았어요" 하는 아이들에게 준비물을 하나씩 안겨주었다.

선우에게는 나무와 원추리에 줄 물을 한 통 들고 가라고 했는데, 워낙 큰 통이라 쉽지 않은 모양이다. 주현이는 작은 수레에 원추리

오늘의 미션을 수행하는 선우와 주현이

매실나무 밑에 음식물찌꺼기를 묻기 위해 구덩이를 파고 있는 아이들

모종과 호미 세 개, 매실나무에 묻어줄 음식물찌꺼기 등을 싣고 가라고 했다. 우리가 이것을 심으려는 땅은 잔돌 투성이라 흙을 구경하려면 그 돌들을 다 파내야 한다. 쉽지 않은 일이지만 아이들은 호미로 잘도 판다.

　매실나무 밑에 음식물찌꺼기를 묻어주며 잘 자라라고 주문을 외우는 아이들의 얼굴을 보니, 나왔던 입이 들어가고 어느새 호기심이 가득 담겨 있다. 처음엔 귀찮고 그저 그런 것 같아도 시작해 보면 새롭고 신기한 일이 있는가 하면, 엄청 재미있을 듯해서 뛰어들었다가 나중에 실망하는 일도 많은 법이다. 그런 삶의 모습을 이런 일을 통해서 배워나가는 것이다.
　열심히 흙을 묻어주는 아이들에게 재미있냐고 물으니 그렇다며

씩 웃는다.

　이제는 원추리를 심을 차례. 우체부 아저씨의 노고를 조금이라
도 위로해드리고자 우체통 주위를 빙 둘러 심기로 결정했다.

　'선우, 주현아! 이다음에 크면 너희들이 이렇게 거름을 주고 원
추리를 심었던 일을 진하게 기억할 것이다. 그때는 매실나무도 너
희들처럼 튼실해져 더 많은 꽃을 피울 것이고, 원추리도 번성하여
주변을 등황색으로 화려하게 장식하겠지. 그때 너희들이 이곳을 찾
으면 무슨 생각을 할지 엄만 다 알고 있어.'

　그런 생각을 하니 세월의 흐름이 눈에 보이는 듯하다.

에필로그

귀농주동자에게!

당신이 선물한 나무 타는 냄새와 저녁이내가 깔린 것만으로도 뒤로 자빠질 지경인데 거기에 오늘은 노을까지 먼 하늘을 붉게 물들이니 참으로 복에 겨운 저녁에 당신에게 답합니다.

우리가 도시에서 애지중지하던 것들(지금 생각하니 하찮기 짝이 없지만)을 내려놓고 산골로 들어온 것은 우리 가족 모두에게 천운이었습니다.

그 행복의 길로 먼저 들어가자고 당신이 옆구리 찔렀으니 고마운 쪽은 당신이 아니고 저랍니다.

헨리 데이빗 소로우가 자신이 숲으로 들어간 것은 인생을 의도적으로 살아보기 위해서였다고 했듯이, 당신도 '내 삶의 주인공이 되고 싶다', '내 의지대로 사는 삶을 살고 싶다' 고 했지요.

처음 당신에게 귀농하자는 말을 들었을 때는 미안하지만 대꾸할
가치도 없다고 생각했습니다. '서울에서 태어나 자란 사람이 무
슨?', '직장생활만 한 사람이 무슨 농사?' 등 두 번 다시 생각하
고 자시고 할 것도 없었습니다.

그러나 소로우가 숲으로 들어간 이유를 말하며 또 덧붙였지요.

'마침내 죽음을 맞이했을 때 내가 헛된 삶을 살았구나 하고 깨
닫는 일이 없도록 하기 위해서'라고….

그렇듯이 당신의 귀농이야기를 듣고 도시에서 욕심 가득한 내 삶
의 결말이 어떻게 날지를 생각해보았습니다.

그래서 나 또한 마지막 소풍길을 접을 때 과연 의미 있는 삶이었
다고 확신할 수 있냐고 자신에게 물었더니, 구렁이 담 넘어가듯 꼬
리를 감추었지 나 자신에게 어떤 대답도 듣지 못했습니다.

그렇게 욕심을 떠받들고 살기보다는 아이들을 자연에서 키우고
내 삶의 소리를 들으며 내 마음이 시키는 대로 살고 싶어 귀농하자
고 한 당신 손을 잡았더랬습니다.

당신은 내가 어려운 일을 당해도 '귀농하자더니…' 하며 푸념을
하지 않아 고맙다고 했네요.

그럴 필요 없었지요. 귀농을 결정한 것도 나 자신이고, 귀농해서
의 삶은 누구를 위해 살아주는 삶이 아니었기 때문입니다.

내 삶은 나를 위한 삶이고, 내가 보고 듣고 현명하게 판단하여 산 삶인데 그 결과에 대해 누구 탓할 필요가 없었습니다.

당신과 내가 최선을 다한 삶이고 그 결과로 나타나는 것은 기쁘게 업고 가는 것이 현명한 삶이라는 것을 나는 압니다.

"새로운 사상은 처음엔 비웃음을 당하고, 투쟁해야 하며, 그러다 마침내 오랜 시간이 흐른 뒤에야 당연한 것으로 인정받는다"는 쇼펜하우어의 말을 난 자주 떠올립니다.

그랬지요.

당신이 귀농할 때만 해도 부정적인 눈으로 바라보는 사람 태반이었습니다.

그러거나 말거나 과감히 사표를 던지고 당신의 마음이 가리키는 대로 삶의 길을 선택한 당신의 용기에 박수를 보냅니다.

내가 가장 복에 겨워하는 것이 뭔지 아는지요? 우리 네 식구가 진정한 가족이 되었다는 것입니다. 서로의 눈동자를 보며 무엇을 말하려는지 알아차리게 되었고, 입술이 오물거리는 모습만 보아도 어떤 말이 튀어나올지 감 잡고 사는 삶이 되었다는 것입니다.

둘째로 꿈을 갖게 되었다는 것이지요. 도시에서는 욕심을 키우고 살았다면 산골에서는 꿈나무에 물을 주고 가꾸는 삶이지요. 그 작은 꿈을 온 가족이 하나하나 이루어가는 삶을 산다는 것이 얼마나 복에 겨운지 모릅니다.

셋째, 하루하루 심장 뛰는 삶이라는 것입니다. 과연 도시에서 내처 살았다면 욕심을 쫓아가느라 간이 건포도처럼 시커멓고 쭈글쭈글한 일상이었을 것입니다. 그러나 산중에서의 삶은 내 심장 소리를 내가 듣고 같이 반응하는 삶이라 더없습니다.

이런 삶의 중심에 있었던 당신, 가장이라는 완장을 찬 당신에게 박수를 보냅니다.

그리고 당신의 꿈 이야기에 대해 답을 해야겠네요. 그 이야기를 듣고 이제야 하나의 매듭을 짓는가보다 하는 생각을 했습니다.

그런 멋진 꿈을 이루자는데 망설일 이유가 뭐가 있는지요. 두 팔 벌려 환영하며 당신다운 결정에 조금이나마 힘이 되어드리겠습니다.

한 가지 덧붙인다면, 당신 꿈이 무르익을 무렵 나의 삭은 꿈을 내비쳤을 때, 당신도 나처럼 환영하고 힘이 되어주리라 믿겠습니다.

이제 우리처럼 새로운 삶을 시작하는 이들에게 조금이나마 도움이 되는 일을 위해 함께 어깨동무하고 힘을 모으면 좋겠습니다.

날이 많이 차졌습니다.

오늘 저녁에는 당신이 반주를 마실 때 뜨거운 매운탕을 끓여주

어야겠습니다.

당신의 아내,

산골아낙 배동분

산골에 사는 즐거움,
먹는 즐거움

시래기나물, 더 나아가 시래기국까지

초보농사꾼은 태생은 서울이지만, 음식 취향은 시골이다. 우리의 정든 맛이 가득 담긴 시래기를 재료로 한 것이라면 그것이 무엇이든 100점은 따놓은 당상이다.

만드는 법

1 끓는 물에 시래기를 넣고, 젓가락 등을 이용해 저으면서 골고루 물에 잠기게 한 후 뚜껑을 닫고 삶는다.

2 줄기가 말랑해지면, 이를 체에 받쳐 물을 빼고 된장, 고추장, 마늘, 참기름, 깨소금을 넣고 버무린다.

3 2의 재료를 프라이팬에 넣고 약한 불에서 뒤적이듯 볶다가 뚜껑을 잠깐 닫고 한숨 푹 재우면 끝.

국이나 찌개는 사골국물을 이용하면 더 깊은 맛이 난다. 마침 사골국물이 있어 삶은 시래기에 시래기나물과 같은 양념을 해 넣고서 푹 끓여냈다. 여기에 파나 마늘 등 취향대로 양념을 더하면 시래기국 완료다.

> **TIP_** 쌀뜨물에 시래기를 담가두었다가 그 물로 삶아내면 시간도 오래 안 걸리고 훨씬 부드럽게 삶아진다.

봄의 전령사 냉이로 나물 만들기

　냉이를 몇 시간이나 캤는데 한 접시밖에 안 나온다. 산골가족에게 이 향긋한 냉이를 내놓을 생각을 하니 무슨 산삼을 캐는 기분이다.

만드는 법
1 냉이를 아주 살짝 데친다.
2 데친 냉이의 물기를 빼고 된장, 고추장, 마늘, 참기름 등의 갖은 양념을 넣고 잘 버무린다.
3 내기 직전에 통깨로 마무리하면 식탁에 봄이 온다.

　처음에는 그 강한 향에 아이들의 손이 잘 닿지 않았다. 그래도 봄인데 하는 생각에 한 입씩 넣어주면 고소한 참기름 냄

새 때문인지, 아니면 푸른 봄내음 때문인지 주섬주섬 젓가락을 가져다 댄다. 추운 겨울을 견딘 놈들이라 맛과 향이 참 강하다.

산골가족, 새콤달콤 달래무침에 꽂히다

　봄에 제일 먼저 얻는 것이 냉이라면 두 번째로 내 손에 들어오는 놈이 달래다. 뿌리에 딸려오는 어린 녀석들이 떨어져나가지 않게 조심조심 씻은 다음 달래무침 시작!

만드는 법

1 흐르는 물에 깨끗이 씻은 달래의 물기를 뺀 다음 먹기 좋게 한 번 자른다.

2 고춧가루, 설탕, 식초, 소금을 넣고 버무리면, 새콤달콤한 냄새에 고운 색을 띠며 변장을 한 달래무침이 된다.

3 상에 내기 전 달래에 통깨를 뿌리면 끝.

　"올봄에 달래 드셔보셨나요?"

고소함의 대명사 두릅튀김

건강에 대한 우리나라 사람들의 관심은 유별나다. TV나 다른 기사 등에서 봄만 되면 몸에 좋다고 입 아프게 말하는 귀한 음식이 있는데, 바로 '두릅'이다. 특히 우리 마을에서 나는 두릅은 맛도 좋고 진도 많이 나오는 것으로 소문이 자자하다. 우리 산골가족은 그 귀한 두릅을 따서 산야초 효소를 담근다. 효소를 담고 남은 것으로는 튀김을 해 먹는데, 이 맛 또한 별미다. 아이들에게 튀긴 음식이 그다지 좋을 것 같지 않아 튀김은 되도록 먹지 않게 하려다가, 두릅처럼 좋은 재료라면 튀김이든 뭐든 많이 먹는 게 좋을 것 같아 다채로운 솜씨를 부려보기도 한다. 고소하고 씹는 맛이 독특한 두릅, 입맛 까다로운 아이들도 아주 좋아하는 별미다.

만드는 법

1 튀기는 방법은 일반 튀김과 똑같다.

　(원재료를 다듬고, 튀김옷을 만들어 옷을 입히고, 기름에 튀겨내는 방법은 다들 아시겠지만!)

2 다만 두릅은 살짝만 데쳐서 먹는 것이 그 풍미에 맞으니 다른 재료에 비해 빨리 꺼내야 한다.

비벼 먹으면 그만, 달래장

 달래로 만드는 간편한 음식으로 또 한 가지를 꼽으라면 나는 달래장을 추천한다. 달래로 만드는 장이라니, 그 이름부터 향긋하지 않은가. 생소하지만 달래로 장을 만들어두었다가 잔치국수에 양념장으로 넣어 먹어도 좋고, 밥에 비벼서 날김에 싸 먹어도 맛있다. 산골의 달래는 향도, 맛도 강해서 장을 만들어놓으면 참 잘 팔리는데 만드는 방법은 정말 간단하다.

만드는 법
잘 씻은 달래를 다져서 간장, 고춧가루, 참기름, 그리고 통깨를 넣으면 끝.

귀여운 머위무침

갓 나온 머위는 참 귀엽다. 나중에는 우산만해지는 잎이 처음 나올 때는 그리 앙증맞을 수가 없다. 그 어린 잎을 따서 무치면 쌉싸래한 맛이 일품이다.

만드는 법

1 잎을 따서 살짝 데친다.

(나는 무엇을 데칠 때, 정말 숨만 죽으면 끄집어낸다. 날로 먹어도 좋은 것을 푹 삶으면 왠지 영양가가 물에 다 씻겨나갈 것 같아 불안하다.)

2 데친 머위를 채반에 받쳐 물이 빠지길 기다린다.

3 물기가 빠지고 나면 마지막으로 살짝 눌러 짜서 갖은 양념을 넣는다.

(된장, 고추장, 마늘 다진 것, 참기름, 통깨…. 갖은 양념이라고 해도 맨날 똑같지만 말이다.)

4 비장의 무기, 손맛을 위해 조물조물 무치면 완성!

오늘 저녁에는 된장찌개 넣고 비벼 먹으면 딱 좋겠다.

쌉싸래한 곰취무침

곰취를 무척 좋아하는 초보농사꾼 때문에, 마을 할머님이 깊은 산중에서 캐 오신 곰취를 산골에 심었다. 산골이 워낙 해발이 높으니 텃밭에 심어도 산속이나 마찬가지다. 오늘은 손님이 오셔서 특별히 곰취를 무치기로 했다. 무치는 방법은 다른 무침과 똑같다.

만드는 법

1 어린 곰취를 따서 씻은 다음, 살짝만 데친다.
2 다진 마늘 넣고, 고추장 넣고, 참기름 넣고, 그리고 표고버섯 가루도 넣는다.
3 마지막으로 통깨를 뿌려주면 끝.

곰취의 쌉싸래한 맛이 입 안에 감돈다.

송이보다 귀하다는 먹버섯볶음

먹버섯은 나도 산골에 와서
처음 구경하기도 했고, 물론 먹
어보기도 난생 처음이다. 그렇
듯 먹버섯은 시장에서도 살 수
없는 버섯이다. 송이는 비싸게
라도 살 수 있지만 먹버섯은 그
렇지 않으니, 그런 의미에서는
송이보다 더 귀한 몸이 아닐까.

만드는 법

1 먼저 온몸에 솔잎을 꽂고 있는 녀석에게서 솔잎을 하나하나 떼어내고 잘게 찢
  어준다.

2 흐물거리지 않도록 끓는 물에 살짝 데친다.

3 데친 것을 3시간 정도 물에 담가둔다.

4 물기를 짜는데 약간 촉촉할 정도로 수분을 남겨둔다.

5 팬에 넣고 양념을 한다. 다진 마늘에 기름도 조금 넣고, 양파도 썰어 넣고, 간
  은 국간장으로!

6 간이 먹버섯에 깊이 배도록 한참을 조물조물한다.

7 불 위에서 살짝 익힌다.

8 통깨를 뿌린다.

오돌오돌한 맛이 소고기 같은, 고소한 먹버섯볶음 완성!

향이 좋은 송이호박국

이웃 분이 송이에 호박을 넣어 끓이면 시원하고 향이 좋다고 일러주셔서 그렇게 해먹었다.

만드는 법
1 우선 송이를 잘게 찢는다.
2 국거리 소고기에 잘게 찢은 송이, 호박을 썰어 넣고 끓인다.
3 거품을 걷어내고 끓이다 간을 한다.

TIP_ 송이는 되도록 철이 닿게 하지 않는 것이 그 풍미를 살리는 데 좋으므로 칼을 사용하는 것보다 손으로 실처럼 잘게 찢으면 찢을수록 좋다. 잘게 찢으면 그 향이 진동한다.

불영계곡의 다슬기국

된장과 부추를 넣고 다슬기국을 끓여 주려고 불영계곡에서 열심히 다슬기를 잡아 왔다.

만드는 법
1 된장을 푼 물에 다슬기를 넣고 끓인다.
2 체로 다슬기만 건져내서 알맹이를 뺀다.
3 다슬기를 된장물에 넣고 부추, 청양고추, 다진 마늘을 넣고 다시 끓인다.

그렇게 다슬기국을 끓인 날 저녁, 국은 바닥이 나고 초보농사꾼은 시원하다며 소주 한잔을 곁들였다.

TIP_ 다슬기국에는 부추를 넣어야 궁합이 맞다.

속이 편한 먹버섯야채죽

시험을 앞두면 가리는 음식이
꽤 된다. 달걀도 안 되고, 시험을
죽 쑬까봐 죽도 꺼린다. 그렇지만
시험기간일수록 스트레스 때문에
소화기능이 약해진 아이들에게
죽만큼 소화 잘되고 영양만점인
음식이 없다고 생각한다. 그래서
산골아이들에겐 시험기간에는 특

히 죽을 많이 쑤어준다. 이번에는 시험을 치는 선우를 위해서 먹버
섯야채죽을 끓여냈다.

만드는 법
1 찹쌀과 녹두를 미리 실컷 불려둔다.
2 먹버섯과 감자, 당근, 양파, 애들이 잘 안 먹으려 하는 호박 등 야채를 잘게
  썰어 볶는다.
3 2의 재료에 불린 찹쌀과 녹두 등을 넣고 물을 충분히 부은 다음, 약한 불에서
  자주 저어가며 오래 끓이면 영양만점 먹버섯야채죽 완성.

TIP_ 불린 찹쌀과 녹두를 작은 절구에 넣고 찧어서 하면 더 좋다.

달콤한 호박부침개

언니들에게 살찌는 것만 좋아한다는 구박을 받기도 하지만, 그럼에도 부침개에 대한 애정을 멈출 수가 없다. 덕분에 주방장 입맛대로 아이들에게도 부침요리를 자주 해준다.

만드는 법

1 호박을 간다.

(주서나 믹서 대신 늘 강판을 이용한다. 강판을 쓰면 영양소 파괴를 막을 수 있다.)

2 강판에 간 호박에 찹쌀가루 조금, 밀가루, 계란을 넣은 다음 물을 붓고 한동안 저어준다.

3 기름을 넉넉하게 두른 프라이팬에 노릇노릇하게 부친다.

4 접시에 종이냅킨을 깔고 기름기를 제거한 후 따뜻할 때 먹으면 좋다.

노오란 호박부침개.

눈 오는 추운 날에는 산골가족의 간식으로 그만이다.

산골의 별미, 우산나물김치

 산골에서 살면서 별의별 김치를 다 먹어본다. 세상에 김치의 종류가 그렇게나 많다니, 매번 새로운 김치를 대할 때마다 놀란다. 이번에는 이웃 분이 담그신 우산나물김치를 맛보게 되었다. 더불어 우산나물김치 담그는 법도 배워 왔는데 다음과 같다.

만드는 법

1 산속에서 채취한 우산나물을 데친 다음 하루 동안 물에 담가둔다.
2 물에 담가둔 우산나물을 꼭 짠 다음 간장, 굵은 소금, 고춧가루, 물엿, 다진 마늘, 액젓 등을 넣어 골고루 양념이 배도록 살살 버무린다.

그렇게 담근 김치는 바로 먹어도 좋고, 일반 김치처럼 밖에 내놓아 조금 익혀서 먹어도 좋다.

옆에서 구경만 하다 김치 통 들고 산골로 돌아오는 길, 우산나물김치를 꺼내 먹을 때마다 산중인심을 떠올리게 될 듯하다.

구수한 양배추감자쌈

　김승하 님께 감자 한 상자를 선물로 받았다. 농사짓는 사람이 감자를 선물 받다니, 뭔가 바뀌어도 한참 바뀐 것 같다. 저녁에는 김승하 님의 정성을 담아 오랜만에 양배추감자쌈을 해먹었다.

만드는 법

1 감자는 삶고, 양배추는 채반에 찐다.
2 매운 고추와 마늘은 먹기 좋게 썰어둔다.
3 쌈장은 기본.
4 양배추를 손바닥에 올리고 그 위에 감자 자른 것을 한 쪽 올리고 쌈장과 매운 고추, 마늘을 넣어 오무려서 먹으면 또 다른 맛이다.

　초보농사꾼이 감자 재배에 실패하고 나서는 감자를 심지 않는 해가 더 많다. 올해는 주말농사를 짓는 김승하 님 덕분에, 분이 많이 나는 유기농 감자를 이렇게 많이 먹게 생겼다.

정성이 듬뿍, 머위대볶음

사실 산골로 귀농하고는 손이 많이 가는 음식은 못 해먹는 경우가 많았다. 밭에서 돌아오면 제대로 씻지도 못한 채 간단한 반찬으로 후다닥 허기를 채우는 경우가 허다했으니 말이다. 그러나 이제는 손이 가고 시간을 먹는 음식도 하려고 노력 중이다. 산골에서 사는 즐거움이 그런 것이니까.

이번에는 효소를 담그기 위해 호수밭과 달밭 중간의 산 아래에 예쁘게 올라온 머위를 채취했는데, 그 중 튼실한 놈을 조금 남겨두었다가 머위대볶음을 하기로 했다.

만드는 법

1 우선 머위의 잎을 따고, 그 대를 씻은 후 끓는 물에 삶는다.
(살짝 데치는 게 아니고 조금 더 시간을 둔다.)
2 건져서 찬물에 씻지 않고 두었다가 손이 데지 않을 정도 되면 껍질을 벗긴다.
이때 머위대 끝을 조금 잡고 죽 당기면 잘 벗겨진다.
3 껍질을 벗긴 머위대를 먹기 편한 크기로 송송 썬다.
4 들기름을 두른 프라이팬에 들들 볶는다.
5 들깨가루를 넣고 물을 자작하게 부은 다음 간을 한다.
6 약한 불에 끓인다.

TIP_ 물 대신 사골국물을 넣어도 좋다.

숲 향기 서린 갈치찜

갈치에 기름을 두르고, 프라
이팬에 굽는 대신 산골에서는
흐드러지게 널려 있는 귀한 솔
잎으로 갈치를 찐다.

만드는 법

1 우선 갈치를 잘 씻어 물기를 뺀다.
　　(소금 간을 해도 좋지만 가족마다 입맛
　　이 다르므로 나중에 입맛 따라 간장을 찍
　　어 먹어도 좋다.)

2 소나무숲에서 어린 솔가지를 꺾어 온다.

3 솔가지를 물에 살짝만 흔들어 씻고 솔잎을 뜯는다.

4 냄비에 물을 조금 붓고, 구멍이 송송 뚫린 일명 삼발이를 놓는다. 그 위에 솔
　　잎을 깔고 갈치를 올린다.

5 갈치 위에 다시 한 번 솔잎을 얹고 갈치를 놓은 후, 솔잎을 이불처럼 한 번 더
　　덮어준다. 불을 켜고 찌기만 하면 완성.

이렇게 찐 생선은, 기름에 튀긴 것과 달리 나중에 다시 먹어도
깔끔하다. 불에 다시 올려 데우면 처음에 한 요리 그대로의 맛을
경험할 수 있다. 산골에 손님이 오시면 이렇게 생선을 솔잎에 가지
런히 쪄서 드리는데, 그 독특한 향기와 맛에 다들 반하곤 한다.

TIP_ 갈치 대신 삼겹살을 이용해도 굿!

우리 가족이 산골에서 행복한 이유

– 성공적 귀농을 위한 열 가지 조언

1. 함께 있어 행복한 가족 _ '나홀로 귀농'은 말리고 싶다

삶의 터를 송두리째 옮긴다는 것. 이것은 나뿐 아니라 나를 둘러싼 모든 이에게 크나큰 변화다. 다른 것은 몰라도 귀농을 주동자 혼자 해서는 곤란하다.

도시에서야 내 힘으로 벌어 식솔들 먹여살렸지만 – 다른 식구들도 함께지만, 어찌되었든 출근은 '나' 혼자 하는 것이니까 – 농사든 과수든, 농사일이라는 것이 혼자 하기보다는 옆에서 함께 거들어주어야 하는 일이 많다. 귀농을 하면 제일 먼저 깨닫는 것이 일손이 얼마나 귀한가 하는 것이다. 아울러 귀농생활에서 아내는 친구이자 위로 자이며, 사업(?)의 동반자 역할을 톡톡히 해준다. 나 역시도 그랬고, 귀농 후 지켜본 바로도 혼자 귀농해서 끝까지 남은 사람을 그다지 보지 못했다. 아내와 아이들이 죽어도 시골에서 못 산다고 반대하여 혼자 귀농한 경우 결국 가정이 파탄나는 경우도 있었고, 가진 것을 다 잃은 채 왔던 길로 되돌아가는 사람도 보았다.

내가 귀농을 결심한 이유 중 하나가 자연을 스승 삼아 아이들을 키우겠다는 것이었기 때문에 온가족이 함께 내려오는 것이 당연하다고 생각했다. 그러다 첫해 농사를 그야말로 깨끗하게 말아먹고 나자, '나를 따르라'고 외치며 귀농을 주동했던 내가 풀이 죽은 가족을 보는 것도 암담하고, 미안했다. 그렇게 자신했는데, 한동안 우울의 늪에서 빠져나오기가 힘들었더랬다.

그래도 그때 곁에 가족이 없었다면 나 역시 지금 이 자리에 있지 못했을 것이다. 아내의 위로와 격려가 없었다면, 아이들이 자연에서 해맑게 자라는 모습을 보지 못했다면 좌절의 시간이 더 길었을 것이다. 가족의 온기로 난 이내 힘을 얻고 내일을 꿈꿀 수 있었다.

좀 과하게 표현하자면, 도시에서의 가족을 '따로국밥'이라 했다면, 산골에서의 가족은 '비빔밥'과 같다. 각각의 맛을 보듬어 훨씬 더 깊은 맛을 낼 수 있는 비빔밥 가족. 서로가 서로에게 희망이 되고, 용기가 되며, 큰 위로를 주기 때문에 가족의 온기는 아무리 강조해도 지나치지 않다.

2. 우선순위가 분명한지를 점검하라

방송이나 잡지, 시도 때도 없이 찾아오는 낯선 손님들에게서 가장 많이 받는 질문이 '왜 귀농을 했느냐'는 것이다.

내가 귀농을 감행했던 2000년만 해도, 귀농했다고 하면 회사에서 명예퇴직을 당했거나 아니면 사회부적응자가 아닐까 하는, 그 다지 곱지 않은 시선을 던지는 이들이 꽤 있었다. 사실이 아닌데도 말이다. 이유야 어찌되었든 자신이 선택해서 그 자리에서 훌륭하게 뿌리를 내리면 좋은 것 아닌가. 하지만 그 전에 명심해야 할 것이 있는데, 바로 내 삶에 있어서 우선순위를 점검하는 것이다. 자신이 가장 중요하게 생각하는 것들이 모두 도시에 있는데, 그런 것을 제쳐두고 몸만 시골에 있는 것이 귀농이 아니다.

나는 내 삶을 내 의지대로 살고 싶어서 귀농을 택했다. 직장에서 열심히 일했고, 꾸준히 승진도 하며 나름대로 사회적 요구에 발을 맞추고 있었지만, 돌아보니 그것은 내 의지가 아닌 사회가 만들어 놓은 굴레에 들어가 그 흐름에 따라 살려고 버둥댄 것이었다. 과연 내 한 번뿐인 삶을 제대로 살아내고 있는 건지 의심이 들었다. 그리고 다음으로는 아이들을 학원이나 과외의 굴레 속에서 멍들게 할 것이 아니라 자연이라는 학교에 맡기고 싶었다.

내 맘속에서 무럭무럭 커지는 두 가지 떡을 손에 들자면 그 외의 것들은 손에서 놓을 각오가 되어 있었다. 집도 아파트나 도시의 주택처럼 편리하고 문화시설도 구비되어 있다면 오죽이야 좋겠냐마는, 한꺼번에 다 가질 수는 없는 노릇 아닌가. 내가 진정으로 원하는 두 가지를 이루려면 그 정도의 불편쯤은 감수해야 한다고 굳게 마음을 먹기도 했다. 다행인 것은 실제로 귀농해서 살아보니 두 가지 우선순위가 충족되자 나머지 불편함은 점점 희석되어갔다는 것이다. 무엇보다 스스로 삶의 우선순위를 정한 후, 그것이 충족되면 나머지에 대해서는 과감해질 필요가 있다는 이야기다.

처음 귀농해서 살던 낡은 오두막, 15평도 안 되는 다 쓰러져가는 그 오두막에 사는 우리들에게 많은 사람들이 물었다. 불편하지 않느냐고. 사실 나는 다른 조건에 우선순위를 두었기에 그 부분은 크게 와 닿지 않았다. 어떤 이는 귀농하자는 남편을 따라 왔다가 우리 집을 보고는 "난 이런 데서 못 살아요"라며 대놓고 말하고 돌아가기도 했다. 그들이 그 이후에 어떤 선택을 했는지는 모른다. 그런 경우라면 부부가 먼저 삶의 방향에 대해 더 고민해야 하는 것이 순서일 것이다.

3. 어떤 색깔의 귀농을 꿈꾸는가

사회가 다양화되면서 귀농 역시 그렇게 변하고 있다. 귀농을 하려는 이유도 다양하고, 그 목표도 각양각색이다.

퇴직금이나 모아둔 돈으로 공기 좋은 시골에서 자신들의 먹거리나 자급자족하면서 노후를 보내고자 하는 경우도 있을 것이다. 또 나처럼 삶의 방식을 바꾸고 아이들을 자연에서 키우기 위해 땅에서 나오는 소출로 생활을 유지하려는 경우도 있다. 농사 대신 천연염색이나, 펜션 등을 운영하고 싶을 수도 있다.

중요한 것은 성격과 적성, 지식과 자금력 등을 충분히 고려하여 결정을 내려야 한다는 것이다. 나는 한 번도 농사를 지어보지 않았지만 해보고 싶었고, 아내에게도 시골에 가면 농사를 지을 거라고 말했다. 그렇게 목표를 먼저 확고하게 세우고 나서 나머지를 의논하기 시작했다. 귀농은 그저 단순하게 '농부'라는 직업으로 진로를 바꾸는 것이 아니다. 그야말로 삶의 방식을 바꾸는 일이기 때문에 철저해야 한다. 나뿐만 아니라 함께 새로운 삶을 이끌어갈 배우자의 성격과 적성 등도 똑같이 고민해야 함은 물론이다. 이것이 중요한 이유는 또 있다. 귀농의 목적이 분명해야 귀농지를 물색할 때도 합리적인 선택을 할 수가 있다.

일례로, 어느 귀농인은 아내가 시골집에서는 못 산다고 하니, 읍에 아파트를 얻어 주거를 정하고 차를 타고 밭으로 출퇴근을 했다(회사에 출퇴근하는 것처럼). 나중에 들은 이야기지만 결국 귀농을 포기하고 되돌아갔다고 한다. 물론 실패한 이유가 집이 농장과 멀어서였다고 단정할 수는 없지만, 서로가 좀더 보듬어줄 만큼 긴밀한 상의를 했더라면 하는 아쉬움이 남는 것은 사실이다.

4. 마음의 준비태세를 완비하기

귀농 관련 책자를 보면 하나같이 사전준비를 철저히 하라고 강조한다. 대부분의 경우 사전준비라는 것은 영농기술과 자재, 그밖의 해당 분야 기술과 같은 물리적인 준비를 말한다. 물론 틀린 말은 아니다.

이에 비추어 보자면, 난 사전준비 하나 없이 귀농한 경우다. 농사 경험도 전무하고, 기술을 배운 적도 없고, 사실 그럴 시간도 없었다. (가족들만 먼저 산골로 보내고, 사표가 수리되자마자 그 밤으로 달려온 내게 무슨 시간이 있었겠는가?) 대신 마음의 준비만큼은 단단히 했다. 함께 내려갈 아내와 가족들의 적성, 특기, 그리고 그들의 잠재력이 무엇이고, 그걸 어떻게 효율적으로 활용하고 배합하여 시너지효과를 낼 수 있는지를 구체적으로 상의했다.

글쓰기를 좋아하는 아내는 홈페이지를 만들면 그 안에서 사람들과 글로 열심히 소통을 하겠다고 힘을 실어주었다. 그때부터 아내는 홈페이지를 어떤 식으로 운영할지, 어떤 자세로, 어떤 마음으로 사람들과 함께 느끼고 살아가야 할지를 많이 고민했다고 한다. 아내 역시 홈페이지 운영기술을 배운 적은 없다. 그저 자판만 두드릴 줄 아는 정도였다.

아무런 준비 없이 와도 다 잘 돌아간다는 이야기가 아니다. 초심을 다지고 마음의 준비를 하는 것이 그만큼 중요하다는 것이다.

5. 농업도 경영이다

귀농을 한 것은 2000년이었는데, 홈페이지를 연 것은 2002년이다. 앞서도 말했지만 아내의 적극적인 권유 때문이었다. 처음에는 소소한 산골의 일상을 올렸는데, 생각보다 많은 분들이 그 이야기를 읽고 대리만족을 한다는 사실을 알았다. 그러다가 홈페이지를 찾은 분들이 '믿을 수 있는 유기농 먹거리를 함께 나누자'고 권하면서, 먹거리를 판매하는 주문판을 열게 되었다. 취미생활의 시너지가 경제활동으로 연결되었다고 할까.

우리가 뿌리를 내린 울진은 생산지와 고객과의 거리도 멀고, 유기농이라는 것이 일반화되지 않았던 당시를 떠올리면, 우리가 수확한 농산물을 시장에 내다 팔기도 어려운 일이었다. 그런 상황에서 홈페이지를 통한 판매는 아주 효과적이었다. 물론 사람에게 믿음을 주고, 또 그걸 돌려받는다는 것이 단시일에 이루어지는 일은 아니다. 유기농 농산물을 넘치도록 재배했더라도 누가 그것을 믿고 당장 사느냐가 문제다. 아내는 그 홈페이지를 분신처럼 아끼고 사랑했다. 그곳에서 만난 사람들에게 많은 위로와 사랑을 받았고, 아내 또한 그곳에 희망과 꿈을 심는 것을 최우선으로 생각했다.

자신의 잠재력과 적성 등을 고려하여 고객과 어떻게 소통할지를 고민하는 것은 아주 중요한 일이다.

6. 마음의 집을 먼저 짓기

귀농을 계획하는 사람들이 제일 먼저 하는 생각이 뭘까? 내가 알기로 대부분의 첫 고민은 '집 짓기' 다. 나도 처음엔 그랬다. 함께 온 가족들이 조금이라도 편안하게 지냈으면 싶은 생각도 있었고, 다른 이들도 역시 집 판 돈으로 다시 우리가 살 새 집을 짓는 것이 당연하다는 것처럼 입을 모았다. 그런데 좀 두려웠다. 덥석 눈에 보이는 집 짓기에 투자하고 나면 몸이야 편할지 몰라도 위험부담이 클 거라는 염려가 들었다. 그때 아내가 집이 뭐가 중요하냐고, 그런 것은 살면서 생각해보자고 내 어깨 위의 짐을 덜어주었다. 그래서 우리는 원래 이 땅에 있던, 대문도 없는 아주 작은 오두막에서 살게 되었다. 흙집에 그저 무너지지 말라고 겉에만 시멘트를 덧바른 그런 집이었다.

실제로 살아보니 우리가 잘했다는 생각이 들었다. 그래도 좀 살아봐야 그 지역에 어떤 형태, 어떤 구조의 집이 맞는지 제대로 파악할 수 있기 때문이다. 평수뿐만 아니라 어떤 자재로, 어떻게 설계할지도 중요하다. 우리도 처음에는 황토 집을 지어 도란도란 살고 싶었다. 나중에 집을 지으려고 여러 가지를 알아보니, 황토 집은 다 좋은데 건축비가 너무 비싸고, 살면서 계속 손을 봐야 한다고 한다. 나에게는 둘 다 만만치 않은 문제였다. 아쉽지만 과감하게 포기했고, 얼마 전에야 우리에게 맞는 새 집을 지어 이사했다.

처음부터 집을 짓는 데 너무 많은 돈을 투자하지 말자. 부담도
크고, 혹여 다른 지역으로 가게 되는 일이 생기면 걸림돌이 된다.

7. 잿밥에 시선을 두는 것은 욕심

시설투자의 경우도 집과 마찬가지의 문제가 있다. 보통은 농사
와는 전혀 상관없는 일을 하다 귀농을 하게 되니, 미숙한 경험과
지식을 시설투자나 농기계로 덮으려 하는 경우가 왕왕 있다. 경험
과 지식이 충분치 않은 상태에서 내게 맞는지 아닌지도 잘 모르는
데 무리한 투자를 감행한다면, 혹여라도 다른 작물을 재배하거나
할 때 낭패를 보기 십상이다. 그렇다고 투자한 돈 때문에 계속 밀
고나갈 수도 없는 노릇이다.

한두 해 경험을 해보고 시설투자를 결정해도 늦지 않다고 생각
한다. 보통 귀농을 하기 전에 한 3년 정도 먹고살 돈을 쥐고 내려
와야 한다고들 하는데, 나는 그 말에도 일리가 있다고 본다. 자금
이 넉넉하다면 몰라도 집이든 시설투자든 너무 많은 욕심을 부리
면, 뿌리를 내리기도 전에 가지고 온 돈이 떨어져 고생하는 경우를
더러 보았다.

처음에 유기농으로 고추 농사를 지었다. 하우스 재배가 아닌 노
지 농사였다. 덕분에 시설투자도 없었다. 경운기도 중고로 샀고,

다른 농기계는 없었다. 한두 해 고생을 하다 보니 이런 산골 농사에는 어떤 농기계가 필요한지, 어떤 시설이 필요한지 조금씩 눈에 보였다.

귀농은 모든 것이 새로운 경험이기 때문에 처음부터 과감하게 투자를 하는 것은 자제해야 한다고 생각한다.

8. 처음부터 내 입에 맞는 떡은 없다

나는 서울에서 태어났고, 서울에서 자랐다. 아내 역시 어렸을 때 온가족이 서울로 이주를 한 까닭에 우리 둘 모두 서울에서 멀리 벗어나 산다는 생각은 해보질 못했다. 감히 상상도 못했다고 할까. 처음 귀농하기로 합의를 하고 나서 제일 먼저 고민하게 된 것이 어디로 귀농할 것인가 하는 문제였다. 처음에는 그래도 안전한 고향(?)인 서울에서 벗어나면 큰일난다는 생각에 상대적으로 가까운 춘천, 홍천, 인제 등을 돌며 귀농지를 물색했다.

그렇게 열심히 돌아다녔건만, 서울의 가족들과 가깝다는 점을 빼면 나머지는 모두 불리했다. 우선 땅값이 비싸서 내 수중의 돈으로는 주판알이 놓아지지 않았다. 땅을 구입하는 데 가지고 있는 알량한 돈을 다 쏟아 부으면 귀농생활에 적응할 때까지 필요한 여유자금을 확보할 수 없었다. 또 땅값이 비싸다 보니 상대적으로 구입할 수 있는 땅의 평수도 적었다. 나는 귀농해서 농사를 지으며 수익을 내고자 했는데, 그러려면 어느 정도 범위의 토지가 필요했다. 소일 거리 삼는 농사가 아닌 내 생애를 건 직업으로서의 농업인이 되는 게 목표라는 생각을 하고 나니 참으로 난감했다.

고민 끝에 아내와 마주 앉아 상의를 했다. 자연으로 돌아가 살자 는 나의 외침에 어렵게 응답해준 아내인데 부모형제들과 멀리 떨 어지게 해서 마음이 아팠지만, 우리가 처한 상황을 그대로 털어놓 았다. 그리고 조심스럽게 꺼낸 것이 이곳 '울진'이다. 다행히 아 내는 아이들을 자연에서 키우기에도 좋고, 내가 꿈꾸는 유기농 재 배를 하기에도 맞춤인 청정지역이라며 내 손을 들어주었다.

모든 것이 제 입맛에 맞을 수는 없다. 가장 중요한 것은 자신이 처한 상황을 제대로 보는 것이다. 그 다음에 자신의 상황에서 무엇 이 가장 중요한가 하는 우선순위를 정한 다음 자신에게 맞는 귀농 지를 선택하는 것이 좋다.

9. 쉬지 말고 배워라

끊임없이 배운다는 것은 쉬운 일이 아니다. 쉬운 일은 아니지만, 귀농에 있어서도 '배움'은 매우 중요하다. 농사에도 프로가 있다. 특히 농업을 생업으로 삼을 것이라면, 자신이 재배하는 농작물에 대해 누구보다 잘 알아야 하는 것은 당연지사다. 심는 것에서부터 키우고, 또 수확하기까지 얼마나 많은 공정이 있는가. 이게 끝이 아니다. 수확한 농작물을 제대로 보관하는 것 또한 중요하다. 그저 건냉한 곳에 보관한다거나 하는 식의 대략적인 방법으로는 안 된다. 보관을 위해서도 식물의 생리나 다양한 포장용기, 해당 작물이 좋아하는 온도와 습도 등을 알아야 최상의 상태로 유지할 수 있다.

고객에 대해서도 잘 알아야 한다. 먹는 것에도 트렌드가 있다. 우리가 알고 있듯이 수요와 공급이 어느 정도 맞아떨어져야 하는데, 이를 무시하고 남들이 한다고 해서 똑같이 우르르 따라 한다면 어떻게 될까? 당연히 공급과잉의 상태가 일어나고, 가격이 떨어질 것이다. 뿐만 아니다. 지구촌이라는 말이 무색하지 않을 만큼 국내외에서 쏟아져 나오는 농산물 가운데 내가 생산한 농산물에 차별성을 두려면 포장과 디자인 등을 포함하여 다양한 정보가 필요하다.

끊임없는 배움에는 또 한 가지 선물이 있다. 크나큰 인적 네트워크를 쌓을 수 있다는 점이다. 서로 다른 사람들끼리 만나 아이디어와 정보를 공유하고 경험을 나눔으로써 시행착오를 줄일 수 있다. 덧붙이자면 내 돈 내고 받는 교육이 효과적이다. 내 경험으로 보자면! 내 돈을 들여 무언가를 배운다면, 프로그램도 다양하지만 마음가짐 자체가 달라지기 때문이다.

10. 귀농지는 삶의 터전이다

　귀농에 대해 가장 많이 듣는 질문 중의 하나가 귀농지에 대한 질문이다. 귀농을 생각하는 분들은 귀농을 할 때 토지를 구입하는 것이 좋은지, 임대하는 것이 좋은지 묻는다.

　물론 장단점은 모두 있다. 임대를 하는 경우, 그 지역에서 살아보니 지역 주민과도 맞지 않거나 자신이 원하는 농사에 토지가 부적합하거나 하면 쉽게 그곳을 떠날 수 있어 편하다. 그러나 가장 큰 단점은 어떤 일이 생겼을 때 그것을 해결하려 방법을 찾기보다 쉽게 뜨면 된다는 안일한 생각을 할 수 있다는 것이다. 혹은 내가 피땀 흘려 가꾼 터전을 땅 주인이 예기치 않게 내놓으라고 하는 일이 벌어질 수도 있다. 특히나 유기농을 하면서 몇 년 동안 땅을 살려놓았는데 그런 경우를 당하면 참으로 난감하다. 쉽게 말해서 그 터전에 '올인' 할 수가 없다는 것이다.

　나도 귀농하기 전에 이 두 가지를 놓고 고민을 잠깐 했다. 아내와 상의 끝에 내 터전이라는 마음의 평안이 없으면 안 되겠다는 결론이 났다. 내 터전이라면 이렇게 저렇게 한 가지씩 고칠 수도 있고 시설을 들일 수도 있는데, 남의 땅은 그것이 어려울 수밖에 없다. 또 한 가지, 아이들이 이 학교 저 학교로 돌아다니게 하고 싶지 않다는 것도 땅을 사는 이유가 되었다.

　이 결정에 대해서는 살수록 잘했다는 생각이 든다. 무조건 구입

해서 내려오라고 못을 박는 것은 아니다. 내 경우 이 방법이 효과
적이었고, 후배 귀농인들을 보아도 그렇게 해서 잘해나가고 있으
니 그쪽에 무게를 싣는다는 이야기다.

추 천 의 글

—

　10여 년 전 어느 날, 어엿한 직장을 벗어던지고 경북 울진의 어느 산골마을로 귀농을 결심했다는 박찬득 지점장의 사직서를 받고 당황했던 때가 문득 생각난다.

　당시 지역본부장이었던 나로서는 역량 있는 지점장이 직장을 통해 성공하기를 기대했고, 또한 귀농은 결코 쉽지 않은 길임을 농촌 출신인 내가 너무도 잘 알고 있었기 때문에 사직의사를 많이도 만류했었다. 특히나 다니던 직장을 그만두고 아내와 어린 아이들까지 함께 오지 산골마을로 간다는 것은 그 당시로는 용기라기보다는 무모한 선택이라는 판단 하에 여러 차례 사표를 거둘 것을 설득했지만 그의 굳은 결심과 각오는 꺾을 수가 없었다.

　결국 사표를 수리하기에 앞서 마지막으로 두 아이들과 특히 아내의 생각도 함께하는지를 물었다. 그런데 박 지점장의 대답은 나를 체념하지 않을 수 없게 하였다. 가족 모두 귀농에 동의하고 이미 울진 산골에 터를 잡고 농촌생활을 시작했다고 한다.

사표수리가 되지 않아 자신은 아직 못 내려갔다고…. 나도 어쩔 도리가 없는 일이었다.

이 두 부부의 귀농은 이렇듯 출발부터 나의 사직 반대로 인한 혹독한 시련과 많은 검증 과정을 거친 후, 결국 울진 산골에 둥지를 틀었고 그들의 소박한 꿈은 시작되었던 것이다.

그로부터 1년이 지난 가을, 울진 산골마을에서 보내온 소포에서 이들 부부의 그동안의 노고와 결실을 고스란히 느낄 수 있었다. 귀농 후 첫 수확한 빨간 고춧가루와 함께 산골생활이 힘들긴 하지만 점차 익숙해지고 있고, 결실의 보람과 자연의 순리를 느끼며 잘 살고 있다는 안부편지도 동봉했다.

그 이후, 이들 부부는 그들 자신과 너무나 어울리는 이름의 '하늘마음농장'에서 야콘을 재배하고 산야초 효소 등을 만들어가며 매년 발전해가고 있다. 산골생활의 불편함을 감수하면서도 가장 소중한 것들을 찾아가며 행복을 느끼는 그들을 보면서 이제는 살며시 고개를 끄덕여 본다. 10여 년 전 그들이 귀농을 결심했을 때 내가 우려했던 모든 것들이 기우였음을…. 그리고 더욱 힘차게 그들의 앞길에 응원의 박수를 쳐주고 싶다.

이 책은 2005년 출간된 『산골살이, 행복한 비움』에 이어 두 번째로 발행되는 귀농일기다. 귀농주동자가 그의 부인에게 권유했듯이 복잡한 도심을 떠나 농촌으로 귀농했거나 귀농을 계획하는 많은 사람들에게 귀감이 될 만한 메시지를 전하기 위해 쓰였다. 도시에서는 미처 발견하기

어려운 농촌의 구수한 정과 이들 부부의 따스한 가족애가 소소한 일상 속에서 그대로 묻어난다. 이들 부부가 산골생활을 통해 경험한 정서적 풍요로움이 얼마나 큰지, 책을 읽는 내내 그들의 따스한 마음이 그대로 전해졌다.

내게 이 책의 원고를 먼저 읽어보고 추천의 글을 쓸 기회를 준 저자에게 감사를 드린다. 앞으로도 두 부부가 함께 만들어나가고 있는 하늘마음농장이 더욱 발전하여 귀농한 많은 사람들에게 귀감이 되길 바라며, 또한 이농으로 텅 빈 우리의 고향산천을 활기찬 모습으로 변화시켜 농촌을 발전시키는 데 일조해주길 바라고 또 바란다.

백효흠 _ 현대자동차(주) 북경현대 판매본부장 부사장

———

벌써 **25년** 전 일이다. 당시 나는 홍릉에 있는 산업연구원장으로 재직하면서 멀지 않은 곳에 있는 대학원에서 강의를 했다. 그때 항상 초롱초롱한 눈을 빛내며 호기심으로 가득하여 깊은 인상을 남긴 제자 배동분을 몇 년 후 내가 회장으로 있던 한국생산성본부에서 다시 만났다. 이후 약 5년간 나와 함께 근무하는 동안 이 똘똘한 제자가 당당한 커리어우먼으로 성장해가는 모습을 보는 것은 몹시도 흐뭇한 경험이었다.

그런 그녀가 어느 날 갑자기 가족과 함께 오지산골로 들어가겠다고

전해 왔다. 처음엔 황당하고, 나중엔 얼마나 아깝던지…. 말이 쉽지, 수준 높은 교육을 받고 좋은 직장을 갖고 있던 젊은이들이 고생과 위험을 무릅쓰고 산골로 가기가 얼마나 어렵고 또 드문 일인가? 하지만 이 고집 센 제자는 무슨 결심을 했는지 '탐내지 말고, 속이지 말며, 갈망하지 말고, 남의 덕을 가리지 말고, 혼탁과 미혹을 버리고, 세상의 온갖 애착에서 벗어나, 무쏘의 뿔처럼' 이라는 말을 실천이라도 하듯 가족과 함께 훌쩍 도시를 떠났다.

그렇게 아쉬움 가득한 인연이라고 여겼는데, 그 인연은 10년 동안 한결같이도 이어진 참으로 좋은 인연이었다. 옛 스승이자 상사였던 나에게 계속 소식을 전하고, 해마다 자신이 직접 농사지은 농산물을 잊지 않고 보내와 나를 감격하게 하였다. 이제 제자가 10년 전 용감하게 울진 산골로 가서 전원생활을 해온 그간의 경험을 소재로 글을 쓰고 그것을 출판한다니 기특하고 장하다는 생각뿐이다. 나의 제자나 그 남편 박찬득 씨가 산골생활을 시 쓰듯 아름답고 활기차게 그려낸 것을 보면서 뿌듯한 행복감에 젖는다.

용감하고 강인하고 장한 사람들이다. 더구나 그간 열심히, 또 지혜롭게 일한 덕분에 이제 넉넉한 자연의 텃밭을 일구며 살고 있으니 얼마나 놀라운 일인가? 환경과 책을 벗 삼아 훌륭하게 자라난 아이들 역시 악다구니 치받는 요즘의 교육현실에서 아름다운 귀감이 될 것이다.

이들 가족의 생활이 전원의 일기가 되어 매스컴을 타고 도시의 많은 젊은이들에게 농업의 신성함과 산골살이의 재미, 아름다운 면을 홍보

해왔고, 이번에 출간하는 책으로 또 한번 널리 알리게 되었으니 정말 다행한 일이다. 특히 요즘처럼 농촌인구가 급격히 줄고 있는 우리나라의 사정을 생각할 때 한 쌍의 다정한 농민부부가 쓴 이 책의 가치는 한없이 높다.

이 다정스런 가족의 앞날에 행복만이 있기를 기원한다.

문희화 _ 고려대학교 국제대학원 초빙교수, 전 한국생산성본부 회장

—

귀거래사(歸去來辭). 중국 송(宋)나라의 시인 도연명(陶淵明)은 고향산천으로 돌아오면서 불후의 명시 〈귀거래사〉를 썼다. "지난 일은 어쩔 수 없음을 깨닫고, 장래 일은 이제부터라도 늦지 않음을 알았"기에, "돌아가리라"고 선언한 것이다.

"이제야 누추한 내 집을 보고 기뻐 달려가니
애들은 문에 나와 기다린다.
어린것을 데리고 방에 드니 술이 있어 독에 가득하다.
집은 좁으나 편안함이 그만이다.
구름은 무심히 산간을 빠져나가고
새는 날기에 지쳐 둥지로 돌아올 줄 아는구나.

농부가 봄이 옴을 내게 고하니 장차 서쪽 밭에 일이 있겠구나.

고요히 골짜기를 찾고 또 허위허위 언덕을 오르내린다.

초목은 나날이 무성해가고

샘물은 졸졸 흐르기 시작한다.

만물이 때를 만나 생동함을 볼 때

내 인생 이제 쉼을 찾아감을 느낀다.

동쪽 언덕에 올라 조용히 읊조리고

맑은 시냇가에서 시를 짓는다."

- 〈귀거래사〉 중 부분발췌

이 책의 저자들 또한 화려한 도시생활을 뒤로하고 우리나라 최고의 오지마을인 울진군 서면 쌍전리의 허름한 오두막에 둥지를 틀었을 때, 도연명의 그 개운한 심사를 누구보다 공감했을 것이다.

책에는 귀농생활 10여 년째인 용감한 부부의 솔직담백한 이야기가 담겨 있다. 생명이 살아 숨쉬는 농촌에서 서로를 아끼며 살아가는 산골가족의 이야기, 부화실의 박새를 위해 문을 열어두고 사는 이유, 뱀딸기 네 알 혹은 앵두 두 알 그리고 집에 돌아오는 길에 주워온 불쏘시개에서 찾는 가족의 사랑…. 아름다운 불영계곡을 풍경 삼아 다채로운 전원의 일상이 파스텔 톤으로 잔잔하게 그려진다.

낯선 산골생활에서 겪는 소소한 어려움부터 마을사람들과 어울려가는 과정까지, '귀농'을 꿈꾸는 이들이라면 이들의 이야기에 한번쯤 귀

기울여볼 가치가 있다. 이 책을 통해 느리게 사는 삶의 즐거움, 진정 사는 것처럼 살아가는 참살이의 기쁨을 함께 느낄 수 있을 것이라 확신한다.

시래기국, 두릅튀김, 머위무침 등 산골음식의 비법까지 덤으로 배우고, 성공적인 귀농을 위한 10가지 조언도 들으며, '산골에서 부르는 행복의 노래'에 푹 빠져보시기를.

민승규 _ 농촌진흥청장

—

누구에게나 **삶은** 힘겹지만 도시에서의 삶은 더 고달프다. 그야말로 전쟁이다. 입시전쟁을 넘으면 취업전쟁이고, 한숨 돌리는 듯싶으면 생활전쟁이다. 도시에 사는 사람들은 물질적인 풍요는 누릴지 모르나 마음의 풍요는 누리지 못하고 있다. 치열한 경쟁과 각박한 도시생활에 몸과 마음이 지친 사람들이다. 아무리 발버둥을 쳐도 가슴 한구석엔 늘 채워지지 않는 물음이 있다. '과연 행복이란 무엇이며, 잘산다는 것은 또 무엇이란 말인가?'

저자들이 속삭이듯 들려주는 산골생활의 소소한 일상은 삶에 지친 도시인들에게 따뜻한 위안이 될 것이다. 각박한 도시생활에서 몸과 마음이 지친 도시인들을 치유할 수 있는 힘은 결코 물질적인 풍요로움에 있지 않다. 더 갖고 덜 가지는 '소유' 의 문제가 아니라 '삶의 속도' 의 문제이기 때문이다. 새로운 트렌드가 되고 있는 '걷기여행' 도 따지고 보면 지친 도시민들이 속도를 늦추어 마음의 평화와 위안을 얻고자 함이다.

삶의 속도를 늦추는 것이 곧 뒤처짐으로 생각되는 시대에 산골마을로 돌아간다는 것은 두렵고 낯선 일이며, 분명 용기가 필요한 일이다. 결코 쉽지만은 않았을 산골생활을 수채화처럼 맑고 담담하게 그려내고 있다. 저자는 도시생활을 뒤로하고 산골마을로 돌아간다는 것은 모든 것을 버리는 것이 아니라 삶의 속도를 늦추어 새로움을 채우는 것이라고 말한다. 꽃이 피고, 바람이 불고, 열매를 맺는 자연의 변화무쌍함을 가슴에 담는 것으로도 충만한 행복감을 느낄 수 있음을 들려준다.

이 책은 느리게 사는 삶, 슬로라이프(slow life)의 지혜를 전한다. 작은 것, 야단스럽지 않은 것, 잃어버린 것, 천천히 유지되며 순환하는 것의 의미를 일상에서 발견하는 것이다. 자연의 시간과 흐름에 온전히 나를 맡기는 것이다. 한마디로 '느리지만 행복한 삶' 을 지향하면서 풍요로운 자연환경 속에서 여유 있고 쾌적한 삶을 누리는 것이며, 빠름과 경쟁보다는 느림의 가치를 유지하며 이웃과 어울려 사는 즐거움을 전한다.

저자들은 자연 속에서 두 아이를 키우면서 농촌은 그 자체로 거대한 '체험학교' 이자 '상상력창고' 라고 말한다. 아이들 교육 때문에 귀농을 망설이는 이들이 귀담아 들을 얘기다. 온갖 생명체가 나름대로의 질서 속에 생명을 이어가는 산골의 자연은 우리 아이들에게 상상력과 창의

력을 키워줄 수 있는 더없이 좋은 학교라는 것이다. 아이들은 자연 속에서 자연을 친구로 만드는 법을 스스로 배운다. '아스팔트를 딛고 사는 아이는 오기가 있고, 땅을 딛고 사는 아이는 용기가 있다'는 말처럼 어릴 적 자연에서 키운 감성은 아이들에게 닥칠 삶의 어려운 고비 고비마다 이를 거뜬히 이겨낼 용기와 지혜를 줄 것이다.

이 책은 울진 산골마을로 귀농한 네 식구의 행복한 이야기다. 자연에 기대 살아가는 가족의 과장되지 않은 일상의 이야기이기에 더욱 가슴 찡한 감동이 있다. 무엇보다 귀농은 낭만으로 가득한 저 푸른 초원 위의 집을 짓는 일이 아니며, 삶의 터전을 옮기는 일은 누구에게나 모험이고 도전이다. 산골생활이 자리 잡기까지 겪어야 했던 가족의 고민과 어려움 또한 진솔하게 녹아 있다. 그래서 저자들은 성공적인 귀농을 위해 잊지 말아야 할 10가지 조언을 자신의 경험담과 함께 들려준다. 이 책은 자연 속에서 느리지만 행복한 삶을 꿈꾸는 이들, 귀농을 생각하는 사람들에게 좋은 지침서가 될 것이다.

강신겸 _ 전남대학교 문화전문대학원 교수, 한국농촌관광대학 운영

산골에서 부르는 행복의 노래

귀거래사

초판1쇄 인쇄 2010년 10월 15일
초판1쇄 발행 2010년 10월 20일

지은이 ㅣ 박찬득, 배동분
펴낸이 ㅣ 노영현

디렉터 ㅣ 노승권
기획편집 ㅣ 2팀_최형임, 정혜진
사업기획단장 ㅣ 김현오   마케팅 기획 ㅣ 이충주, 임현석, 이현우, 유승아
제작 · 물류 ㅣ 차동현, 김보영   마케팅지원 ㅣ 정민정

디자인 ㅣ designBbook
인쇄 ㅣ 정민인쇄

펴낸곳 ㅣ (사)한국물가정보
등록 ㅣ 1980년 3월 29일

주소 ㅣ (100-170) 서울시 중구 무교동 1 효령빌딩 12층
전화 ㅣ 02-728-0285(편집), 02-728-0270(마케팅)
팩스 ㅣ 02-774-7216
이메일 ㅣ chyungim@bizmap.co.kr
홈페이지 ㅣ http://www.bizmap.co.kr

값은 표지에 있습니다.
ISBN 978-89-6260-239-5 (13810)

• 라이프맵은 (사)한국물가정보의 교양 · 실용서 전문 출판 브랜드입니다.